Mister Chevignac

Le Monde est petit

Préface

Je suis Créole, de la Martinique
Man sé nèg Matinik

Aujourd'hui je prends la parole, en qualité de pamphlétaire.

J'aurais aimé dévoiler une société en rémission, en voie de guérison ; seulement la névrose collégiale que j'observe résulte de notre indigne passé colonial, et le silence accompagné d'une perte de mémoire délibérément consentie, est des plus outrageant pour ceux que nous étions, sommes et deviendrons.

J'aurais voulu que cette lettre ouverte ait le léger piquant satirique d'un épigramme ou l'humour que l'on puisse attendre d'un libelle, mais hélas on y reconnaîtra plus les traits de caractère d'une diatribe, car il n'y a point de dérision dans l'abject que je dénonce et encore moins de ridicule dans les maux de mes contemporains.

Ces maladies qui nous collent et que nous ne savons pas guérir sont inscrites au plus profond de nos gènes. Elles nous aliènent, nous troublent et nous dispersent, révélant de profonds problèmes existentiels.

Nos pathologies sont multiples et commencent par la pénurie de compassion pour nous-mêmes.

"L'abandon est l'un des symptômes que subissent nos cœurs atrophiés à qui il manque un morceau."

L'abandon de nos aînés est sûrement lié au fait de nous avoir séparés de nos familles, pour être dispatchés au gré du vent et au profit de la rentabilité.

Le délaissement encore de nos jeunes, sujets à la déréliction qu'ils ressentent, alors qu'on les accuse à tort d'être illettrés. Ces enfants profitent tout juste des avantages de Charlemagne, pour être malmenés par notre système professoral et dogmatique. Les parents devenus nombrilistes font face à beaucoup trop d'enseignants appelés plus par les avantages que par vocation.

Les victimes qu'ils sont en réalité de cette entreprise en schisme, ont plus la définition d'écolierillettré[1].

Des géniteurs qui n'aiment pas leurs progénitures, des rejetons qui n'aiment pas leurs parents. C'est un triste palindrome qui ressemble fortement à cette étrange "Lettre de Lynch". Celui encore dont on baptisa un quartier tout entier dans la commune du Robert, car ici beaucoup de bourreaux sont récompensés, lorsque les véritables héros sont oubliés.

---

[1] écolierillettré est un néologisme de l'auteur : écolier-illettré

> **"Dans l'éducation de mon père, je reconnais les maîtres qui ferronnaient leurs biens qu'étaient nos ancêtres. Coups, blessures profondes qui déchirent le corps et affectent l'âme."**

La violence gratuite s'est transformée en maltraitance dans l'éducation de nos enfants.

Nous sommes solidaires avec tous nos pays voisins, alors que nous sommes aisément pingres et fielleux pour nos propres proches.

> **"Mes semblables n'ont-ils pas fait de moi un Négropolitain ? Un autre, d'ailleurs, qui les dérange..."**

Notre héritage polygamique, que nos hommes et femmes usent allègrement, nous vient certainement de notre mère Afrique, mais il ne faut en aucun cas sous-estimer le génotype légué par nos pères violeurs et pédophiles qui découchaient allègrement, pour estimer la valeur (rentable et économique) de leurs jeunes femelles, et sans qui nous n'aurions pu profiter de nos premières mules (âtresses).

Devant notre manque de répartie, on nous pointe du doigt pour une prétendue tare qui touchait déjà les rois de France et de Navarre, jusqu'à nos infidèles présidents d'aujourd'hui. J'en veux pour preuve la Mauresse de Moret, cette Mulâtresse conçue plus probablement d'un nid illégitime du roi Louis XIV ou de sa reine, que d'un excès de chocolat.

Notre seul défaut une fois encore est de nous vanter inlassablement du nombre de nos conquêtes, plutôt que d'en favoriser la discrétion. De cette même dérive nous blâmons ces incestueux qui proféraient hardiment : "Man pa ka nouri chouval pou ba ofisié monté". Voilà bien là une preuve de la rupture familiale dans la souche même de la couche.

Symptomatiquement, on reconnaîtra les travers de la mythomanie qui s'étale au plus large de notre territoire et dont les racines sont probablement liées à un complexe d'infériorité ayant muté en une manière d'affirmation, afin de ne pas être mésestimé dans la société.

> **"Cloître du déboire, de la débâcle, qui envenime ma condition mentale de départ. Martinique, nid que j'affectionne à présent, lieu où mon âme vit le jour."**

Afrique, Goré, terre d'origine, ailleurs que je ne connais point, sache que rien ne résonne plus en moi, que ce que je suis à présent : le fruit d'une descendance illégitime.

Jadis, volontairement ou non, tu te fis complice en accouchant d'une sous-espèce hybride formée de Sacatras, Mulâtres, Câpres, Griffes, Marabous, Tercerons, Quarterons, Mamélouks, Quinterons, Octavons, Métis, Sangs-mêlés, auxquels se mélangèrent Caraïbes et Coolies. Mestif[2], imparfaits nous fûmes face aux colons, Békés légitimes détenteurs du titre Créole.

Naguère, fier ou pas, le pidgin de départ est devenu le nom que les miens portent également à présent.

---

[2] Mestif ou Métif est le nom que l'on donnait au Métis à la période esclavagiste.

Maudite créolisation aux profits de notre majestueuse créolité. D'ores et déjà, ce passage qui me noue la gorge et que je couche avec cette encre pourpre de colère, devient sans mollesse un factum.

Aucun raisonnement valable ne justifiera les actions dont je les accuse tous indépendamment, qu'ils fussent blancs ou noirs, kidnappeurs, vendeurs, acheteurs, violeurs, tourmenteurs et meurtriers d'autrefois. Ni commerces, ni dieux ne sont légitimes dans une telle barbarie. Quant au petit peuple de France qui reçoit le mépris de Marie-Antoinette ; "S'ils n'ont pas de pain, qu'ils mangent de la brioche...". Ces pauvres paysans ne sont pas à blâmer, car ils ne savent même pas ce qui se passe au Nouveau Monde. Ils essayent tout juste d'améliorer leur propre condition.

Ne les blâmons pas ! Avant les révélations de notre prétendue malédiction de Canaan[3], Normands et Bretons ne furent-ils pas les premiers à

---

[3] Dans la bible, Genèse 9:18-29, Noé maudit son petit-fils Canaan (dont nous serions les prétendus descendants) à être l'esclave des esclaves de ses frères.

subir les conséquences de l'exploitation de l'homme envers l'homme, sur l'île aux Fleurs ?

Aujourd'hui, nous condamnons juste ce lâche tortionnaire qui demanda à sa victime d'essuyer son crime avec un mouchoir, imbibé de son propre sang. Le même encore, ou du moins son digne héritier, nous demande d'arborer fièrement en toute circonstance, cette douteuse serpillère bleue à quatre serpents. À croire que nous ne méritions pas assez le précédent drapeau.

....

Les canoniques de l'église je les désavoue.

Les canoniques des nègres donnent encore de leurs échos dans les plantations sucrières.

Les canoniques que nous établirons un jour dans l'unité, renforceront notre société, à ce jour rendue folle par l'assujettissement.

Vos esclaves sont toujours là, à l'endroit exact où vous les avez lâchés.

Nos aïeux eux encore pensaient, espéraient, croyaient. Ceux-là ne bougent pas, ne réfléchissent pas. Ils sont endormis par les bêtises.

"Ils sont morts-vivants"

Abandonnés dans le mépris et la non-considération ; d'ailleurs les "mwen ka" ne sont-ils pas la communauté de France la plus risée ? Trop peu nous défendent lorsque beaucoup se payent nos têtes.

Faussaire, instrumentaliste, usurpateur de théologien, nous les irréligieux la connaissons, la vraie histoire que tu arranges en ta faveur, puisqu'elle s'est inscrite dans notre ADN.

Jeune peuple de misère, conçu dans le stupre, la vilénie, le déshonneur, tu pries le Dieu de tes oppresseurs. Tu n'as pas de remède pour la névrose qui t'empoisonne inlassablement avec le même venin, alors que le remède de tes maux est révélé dans l'écriture. Celle-la même que tu réfutes et qui sera ta délivrance.

"Maladies voraces de pauvreté d'esprits"

Celui qui ne lit pas est vide, pauvre d'amour et de compassion. C'est pour cela que tu ne te comprends pas, que tu ne comprends pas les tiens, et que tu ne te cherches pas.

Celui qui lit est riche de toutes les vérités et les secrets du monde. Il détient consciemment ou inconsciemment les clés qui ouvrent les portails des autres dimensions.

Celui qui écrit est immortel : il est un élément abstrait qui guide à la réflexion pour certains, mais il est également le porte parole de la pensée d'autres ; les philosophes le raisonnent, le calculent, le définissent et l'empêchent de sombrer dans l'oubli. Il aura vécu pour enrichir l'évolution et guider les révolutions.
À présent, nul ne sait comment cette hécatombe finira. Les fauves déambulent sans acuité d'esprit et de conscience. Ils se complaisent à errer dans leur ignorance.

Sommes-nous une lugubre expérience de laboratoire ?

Sommes-nous ces pièces monochromes sans voie, ni direction, qui s'entre-dévorent ?

Mon esprit est clair, alors je juge. Il n'y aura aucune palinodie de ma part, peu importe d'où viendront les attaques sur mes propos. Je ne ferai pas mine d'ignorer que mon tourment est le même qui menace mes descendants.

Alors je dis : "Peuple relève-toi et révèle-toi au monde !" Rien n'indemnise mieux que l'estime de soi et la fierté. La même qui triomphait sur la figure de nos femmes après un viol ou une expérience anatomique. Le processus qui nous accable en ces temps n'est pas irréversible.

Après toute cette effervescence dans ce qui pourrait être des révélations à travers mes propos, j'invite mes frères à l'intellectualisme.

Ne soyons pas dans le parachronisme, car ce qui est fait est fait. Ne soyons pas les jouets de révolutionnaires douteux. En ces temps évolués, ce qui serait la pire des choses pour notre race Homo sapiens sapiens, c'est que nous devenions prisonniers de nos histoires respectives.

Notre remède se trouve dans les lumières de l'humanisme et non dans les obscures pénombres de la honte et du déni. Que le coeur d'un Antillais batte pour la France, la Martinique ou l'Afrique, il n'y a à voir là aucune débâcle, aucune amoralité, aucune rupture avec les autres ; seulement une préférence pour une position géographique et celle-ci ne doit ni altérer, ni dévier ce qui doit être notre vision absolue ; l'unique et seule condition de l'Homme sur la Terre, c'est l'Humanité.

"Lorsque mon île sera submergée par les flots, mon âme sera près d'elle à jamais mais je guérirai mes souffrances psychiques sur un autre sol.

Mes enfants s'attacheront à ce nouveau sol et leurs enfants à un autre.

Pour se rendre compte que nous tournons continuellement en rond sur notre minuscule planète, car,

Le monde est petit."

Introduction

C'est un jeu à la mode dont certains usent avec plaisir et que nous avons choisi de garder pour illustrer quelques passages de notre narration. Cette nouvelle occupation du nom de "Challenge" lancée sur internet, et régi par des règles auxquelles nos protagonistes se plient avec plaisir, consiste à parler, pendant un mois tout entier, avec le ton et la manière d'un gentilhomme de la période baroque. Certains vont jusqu'à s'habiller avec des costumes d'époque.

Si vous n'y êtes pas familier, soyez sûr cher observateur que vous vous accoutumerez à cette distraction.

Maudite trahison

C'est une histoire non régulière que nous avons prise pour sujet. Cette aventure certaine aurait probablement eu moins d'incidences en d'autres lieux mais pas dans cette localité de la petite commune du François.

Yoan était un jeune homme qui rentrait tout juste dans sa trentième année. Sa taille, d'un mètre quatre vingt dix huit, à laquelle s'ajoutait un poids de quatre vingt kilos, lui donnait une carrure imposante, lui vouant ainsi un respect naturel à quiconque le croisait. Il était encore naturellement musclé et son visage de chabin, imberbe, alliait une physionomie masculine avec la douceur d'un enfant.

Soigné et propre sur lui, il possédait dans sa garde-robe, uniquement des vêtements élaborés sur mesure et des mocassins de designers. Il aimait harmoniser son allure par des contrastes de couleurs saillantes et des accessoires comme sa canne. Bien qu'il n'en ait nul besoin pour marcher, cet objet joignait à son pas une cadence parfaite et sûre. Son style de dandy le démarquait incontestablement de tous les autres hommes de son environnement.

Cet ambitieux, était enfant unique et issu de classe moyenne. La nature, en plus de l'avoir avantagé d'un esprit vif, l'avait également équipé d'un charme indéniable. Il avait comme avantage tout ce dont une jeune femme pouvait souhaiter, afin de le satisfaire d'un hymen des plus purs. Cependant il possédait aussi toutes les tares pour lesquelles des amours ne pouvaient être qu'épisodiques. Sa vie encore trop hasardeuse, ne lui facilitait aucune stabilité que requièrent les attentes d'une demoiselle de bonne famille. La confusion liée à l'incertitude, le menait constamment à des échecs certains face à des décisions délicates prises dans l'empressement.

Yoan aimait tous les genres de femmes que la terre pût engendrer, et ce, peu importe l'origine : caucasienne, négresse, asiatique ; de même fussent-elles grosses, maigres ou avec des troubles quels qu'ils soient ; en bon "touriste de l'amour" cela n'avait pas grande importance à ses yeux. L'âge non plus ne lui causait guère de remords tant que la chair était encore ferme, ce qui lui prêtait selon ses humeurs le droit de prétendre un rôle de "toy boy" ou d'"homme puma".

Toutefois son désir de paternité obsessionnel le ramenait plus souvent sur des objets tout juste sortis de l'enfance et dont l'absence de maturité était hélas bien souvent le propos d'une séparation tumultueuse.

Il avait eu en donation une petite habitation qui lui permettait de jouir de quelques hectares de terre de sa tante, demoiselle René-Corail, une métisse de par sa mère et qui était rentrée dans les ordres depuis sa plus jeune révélation. Soeur Marie Josette préférait trouver son salut dans les voies immatérielles qu'offre le Seigneur plutôt que dans la possession de biens ou dans l'amour d'un homme. L'habile gestionnaire qu'il était, lui avait servi à tirer le maximum de rendement de ce legs. D'un côté, il permettait à quelques voisins proches de travailler ses terres en contrepartie de divers avantages en nature que son sol aurait permis de produire. De l'autre côté, il était devenu le seul exploitant de tabac de l'île qui n'en n'avait plus vu la production depuis fort longtemps. L'homme s'était bâti une solide réputation dans son domaine et profitait sans retenue des délices que la vie lui apportait.

Yoan était au moins fidèle en amitié pour en avoir été privé dans sa jeunesse, en raison de l'éducation stricte qu'il avait reçue et qui le plaça dans un isolement de compagnons de son âge. Il s'était noué d'affection avec un petit mécanicien de rue, prénommé Will. Celui-ci ne ressemblait en rien à notre protagoniste, ou tout du moins il en était son contraire absolu. Will était tassé sur son mètre soixante six et ses soixante dix kilos. Il n'était ni laid, ni beau et encore moins élégant. Ses cheveux étaient tout de même bien soignés. Il portait au bout de ses locks des perles en bois et autour du cou un collier en or de style forçat. Sur son visage il y avait plusieurs tatouages, dont une croix et une larme dans le coin de son œil gauche. Il avait pour seule ambition de se nourrir au jour le jour et s'en accommodait ainsi depuis la disparition tragique de sa jeune épouse lors d'un tirage sauvage, sur la route de la Brasserie Lorraine.

Yoan savait que les nœuds qui le liaient avec cet ami rencontré tardivement ne valaient pas une amitié d'enfance riche de souvenirs, mais son attachement était des plus honnêtes pour cet individu qu'il estimait avec la plus grande des distinctions.

Chaque vendredi soir, il avait été convenu par les comparses qu'ils se retrouvent pour dîner dans une des paillotes de la place de Ducos ; cela permettait aux deux hommes de débrider leurs humeurs en première partie de soirée, avant de rejoindre Jean Yo un autre ami, reconnu dans toute la Caraïbe comme l'organisateur par excellence des soirées évènementielles de l'île. Ce soir, ni l'énergie utile aux bons vivants ni l'esprit ne donna envie de poursuivre. Pour Will, le tracas d'un profond secret le rendait sombre et peu communicatif alors que Yoan espérait que son frère de coeur vienne à lui poser des questions sur ses entrains du jour. Il était temps pour lui de trouver une flamme qui tiendrait la chaleur de son coeur jusqu'aux trépas et pour laquelle les âmes continueraient de se séduire jusque dans le ciel. Comme par agacement Will rompit le silence et dit :

"Mon cher ami, vous devriez recueillir des informations des plus solides dans des recherches adaptées à vos revendications plutôt que dans des soirées carnavalesques où règnent juste la débauche et la perversité des gens. _Je me satisfais de savoir que vous vous souciez ainsi de l'état dans lequel je me trouve, répond Yoan, cela dit pourquoi employez-vous une telle hargne dans vos propos ?"

Will, acariâtre sur l'instant, essaya de déjouer l'intuition de son compère par un sourire serré et le servit d'une ruse :

"Je souffre de voir que vous n'êtes pour l'heure pas comblé d'un amour sincère et même si notre rendez-vous me sied au plus haut point, il ne s'accorde en rien avec la tristesse qui se distingue sur les traits de votre visage. Il est vrai que nous nous plaisons à être en compagnie, mais le lien qui m'unit à vous me fait envisager un meilleur dessein pour votre personne. Je parle d'une femme de vertu et non de ces charnelles, libidineuses, vicieuses, impudiques, cochonnes..."

Yoan, surpris par l'énergie et la violence avec laquelle lui répondait son ami, l'interrompit avant même qu'il n'eût le temps de finir sa phrase :

"De grâce monsieur, je comprends votre idée généreusement et aisément louable pour la défense de mes intérêts. Cependant, ne trouve-t-on pas toutes sortes de personnes dans ces soirées que nous adorons ? J'en ai pour preuve notre présence puisque nous nous y préparons chaque fin de semaine, dit-il en attente d'une approbation. _Je vous l'accorde bien, répondit Will, cependant croyez-vous qu'une femme avec de bonnes intentions s'y trouve ? N'accordez-vous sincèrement nul crédit à vos projets d'engendrer une progéniture digne en lui révélant un jour le lieu où vous auriez rencontré sa matrice ? Cet enfant portera le doute sur tous vos jugements et ne considérera sa venue en ce monde que comme le fruit d'un hasard douteux... _Je vous arrête monsieur, l'interrompit Yoan à nouveau, car si je vous entends fort bien, je vous avoue que je ne comprendrai le fond de votre pensée, après tant de détours, qui me font supposer que vous voulez me suggérer une autre manière plus singulière de rencontrer l'élue de mon coeur. Ainsi vous dites que celle qui saura déchaîner en moi une multitude de passions ne se trouverait pas en ces lieux que ce soir vous maudissez et accusez de débauches, selon votre idée... _Justement, dit Will, laissez-moi venir au bout de celle-ci ! Vous êtes un homme d'esprit et vous devez être attentif à mes recommandations, qui plus est, ne sont que la preuve de l'affection que le fidèle serviteur que je suis vous porte. _Excusez-moi de vous interrompre, rétorque Yoan, mais oubliez-vous ce soir notre petite serveuse à l'accent étrange mais fort sympathique ? _Baliverne, foutaise, fadaise, boniment, retourne Will avec un visage ferme, je vous parle avec le plus grand des sérieux Monsieur ! Laissez-moi donc vous dévoiler mes plans !"

Ensuite pour marquer le sérieux de ses propos, l'homme se recentre sur son siège et s'exclame en créole comme il a l'habitude de le faire pour marquer son mécontentement :

"Ou sé an bèl terseron, ou pé kèy mété an vié ti négrès an zafèw ! Fo ou sonjé ich ou ! Fo ou sové la po yo ! Bondié ! ajouta-t-il dans un dernier élan de colère. _O makoumè mwen, lui répondit Yoan un peu choqué du propos de son ami, man ka santi ou an kolè ! Mwen, man enmen négrès !"

Will s'avança au plus proche de son confident, se pencha pour donner l'impression de lui prêter un secret et reprit avec un ton plus calme et serein :

"Je vous disais, ces moyens dont vous avez le bénéfice sont à votre portée, il vous suffit simplement de profiter des avantages que les technicités d'aujourd'hui vous apportent. _Concluons, concluons, lui dit Yoan, impatient d'obtenir les aveux de ce qu'on lui fait languir. Vous vous amusez de ma constance à vous écouter avec bienveillance. _Non monsieur, reprit Will, je vous aide du mieux que je peux. Vous connaissez aussi bien que moi les réseaux de l'informatique qui permettent de rencontrer des gens de tous bords, puisque vous les usez allègrement pour vos affaires et uniquement pour celles-ci. _Je m'attendais à ce que vous me parliez d'autre chose, dit Yoan étonné, mais en aucun cas de ces vulgaires sites de rencontres où l'on trouve tout autant de filles faciles et de catins, si ce n'est en plus grande quantité, que dans nos espaces d'amusements. Mon cher Will, je pense même qu'il y a plus encore à craindre dans ces zones, que partout ailleurs. _C'est à vous de ne pas pencher votre attention sur des personnes douteuses, répondit Will avec conviction et portant ses bras en l'air d'une manière qui laissait comprendre que c'était de toute évidence. Je puis vous assurer que je ne suis pas homme à me faire avoir par des grimaces de macaques, et je vous pensais à la hauteur de distinguer le vrai du faux et reconnaître par la même occasion l'honnête personne qui porterait ainsi votre nom et votre descendance."

Voyant que le discours semblait intéresser Yoan, il se rapprocha un peu plus de la table pour faire mine de se cacher de tout regard indiscret. Ensuite, il sortit de sa poche un papier plié où était écrit une adresse électronique et susurra à son confident :

"J'ai ouï dire d'une de mes connaissances, que celui-ci est véritablement sérieux !"

Yoan saisit la note, y jeta un regard furtif et la mit rapidement à son tour à l'intérieur de sa veste. La scène ressemblait à deux personnes qui venaient de conclure un pacte et dont il ne fallait pas que l'on voie les affaires. Les hommes finirent leur dîner à nouveau dans le silence du départ et ne tardèrent pas à se séparer.

Avant une heure trop avancée de la même nuit et sur les avis de son ami, Yoan s'engagea rapidement sur ce fameux site de rencontres. Celle sur qui il jeta son dévolu sans aucune réserve, entrait seulement dans sa dix-neuvième année. C'est elle-même qui l'avait approché, à peine ses mises à jour avaient-elles été enregistrées, ce qui n'était pas pour lui déplaire. On ne pouvait pas dire que le physique de bimbo de cette jouvencelle n'avançait pas autant de qualités qu'une femme d'âge plus mûr. Shaïna avait été élue Miss de sa commune. La créature était aussi belle et néfaste qu'une sirène. Son vocabulaire était plutôt riche ; seulement comme beaucoup de filles de son âge, elle ne s'inté- ressait à nulle chose qui puisse lui ouvrir des horizons autres que ses accoutumances. Aucun art de ses contemporains et encore moins de ses prédécesseurs ne semblait atteindre ses émotions. Hélas, rien de bien profond n'était à attendre de ce tendron qui semblait avoir misé plus sur sa physionomie que sur aucun autre avantage. Cependant, elle était rusée comme une renarde. Son passe-temps favori se résumait à explorer le dark web car elle trouvait cela fascinant, en plus d'être excitant par les multiples risques qu'il pouvait y avoir. C'est certainement l'insouciance de son âge qui lui voilait la face du danger. Le lieu, déconseillé aux novices, grouillait d'escrocs en tous genres et seuls des individus du même degré pouvaient y trouver quelconque bénéfice. Après quelques minutes de discussion passionnée, une série de questions traversa l'esprit de Yoan :

"Je vous trouve bien informée sur ma personne, lui dit-il. _Pas plus que le commun des mortels, répondit la jeune femme, je puis vous l'assurer. En effet, vous êtes une personne dont on parle beaucoup au pays et c'est bien la curiosité qui m'a fait m'intéresser à vous. _À quel point parle-t-on de moi ? demanda l'homme faussement étonné. En bons termes, je l'espère ?! _Rien qui ne puisse noircir mes résolutions à éclaircir ma curiosité et résoudre mes questionnements à votre sujet, lui répondit-elle. _De quoi s'agit-il, ajouta-t-il encore. Quelles sont donc ces interrogations qui baladent votre esprit ?"

La jeune femme ne répondit pas tout de suite. Elle laissa planer un silence pesant et intriguant comme si elle cherchait de quoi satisfaire l'ego de son examinateur. Elle reprit ses esprits après un toussotement forcé et demanda timidement :

"Un gentilhomme comme vous est assurément déjà engagé à bon parti ? _Hélas non, répondit-il, la providence ne m'a pas encore gratifié de cette récompense ! _Alors je la serai, s'exclama-t-elle avec une joie non dissimulée. _Que dites-vous ? demanda-t-il surpris de ce qu'il venait d'entendre."

D'une voix plus basse et douce, elle se ressaisit et lui demanda de mettre sa webcam en connexion, afin qu'il puisse la voir comme elle était vraiment et non par une photo arrangée à son avantage. Elle avait un visage petit et rond, un nez mince et parfait, des oreilles minuscules et bien dessinées. Sa bouche était pulpeuse et brillante, avec la lèvre supérieure plus épaisse et fendillée. Toute cette harmonie se déposait sur un teint étrangement laiteux et peu commun aux antillaises. On l'aurait dit sortie tout droit d'un manga. Elle s'était préparée pour être encore plus délicieuse. Même si ses yeux la trahissaient et marquaient l'expression d'un grand vide, la douceur de son visage faisait perdre tout bon sens au moment. Elle mordit ses lèvres roses pour les rougir un peu tout en déposant ses mains à moitié fermées sur ses joues. Elle remercia Yoan d'un large sourire, accentué par ses profondes fossettes. Elle était angélique et l'instant semblait suspendu dans le temps. Shaïna jouait aussi bien avec le rythme de la discussion qu'avec l'émoi qui tenait serrée la gorge de son interlocuteur. Voyant qu'elle disposait de toute l'attention de son envoûté elle reprit avec douceur :

"Combien de fois j'ai espéré vous voir ici sans grande récompense du destin. Comme un jeu de hasard où l'on conserve les mêmes numéros, jour après jour j'attendais, accompagnant mes doléances à mes prières. _Tout cela m'échappe, répondit l'homme perplexe. _Mais je compte bien vous répondre monsieur, dit-elle, car j'imagine que mille questions brûlent en vous. Depuis le jour où je vous ai croisé en ville, je n'ai eu de cesse de chercher à vous revoir. C'était devenu obsessionnel ! Et voilà que ce soir, enfin, on répond à mes supplications. Je remercie le ciel pour cet instant. _Je crains que vous ne vous trompiez de personne, s'étonna déconcerté Yoan. _Si vous ne répondez pas au nom de René-Corail, reprit elle d'une voix tremblante pour marquer son émotion, Yoan, il se peut que ce ne soit qu'un mirage qui se présente devant mes yeux, sinon laissez-moi adorer cet instant et les récompenses qui l'accompagnent. Non seulement vous m'apparaissez, mais en plus libre de tout engagement. Jurez-moi de me prendre en épousailles ! _Qu'entends-je ? répond-il. Certes vos charmes ne me sont pas indifférents ; cependant peut-on promettre des nœuds bien solides dans de telles rencontres ? _Je vous aimais bien avant notre discussion, lui dit-elle avec une voix nasillarde. Dieu vous a guidé ici pour satisfaire mon âme, qui se cherchait, ajouta-t-elle avant de laisser place à un silence lourd. _Et si nous continuions encore un peu à nous connaître, rétorqua-t-il face à tant d'ardeur venant de cette jeune femme."

Leur discussion dura ainsi toute la nuit jusqu'au petit matin et avant l'épuisement total, ils se promirent de se revoir en ce même lieu le soir venu. Ce fut ainsi pendant plusieurs nuits, puis le jour, jusqu'à ce qu'ils se rencontrèrent. Une semaine plus tard, Yoan reçut son bon ami chez lui. Il était la seule personne en qui il plaçait toute sa confiance et pour qui il aurait pu faire des sacrifices sans mesure aucune, au nom de leur amitié.

Afin de préserver toute la confidentialité du moment, l'entretien se faisait dans un petit salon où l'éclairage naturel de ce milieu d'après-midi avait été sacrifié, par d'épais rideaux. Deux tasses de café embaumaient la pièce, pendant que les arômes subtils des tabacs que crapotaient les amateurs se diffusaient tout autour d'eux. Tantôt fumé à la pipe, tantôt fumé en cigare, les saveurs se mélangeaient subtilement dans les palais de ces initiés, qui se délectaient de cette fameuse sélection de plantes qui avait fait la fortune de Yoan. Les fumées ajoutaient une ambiance encore plus intime dont les comparses semblaient à l'unanimité y trouver satisfaction. C'est Will qui rompit le silence de ce qui ressemblait à un rite :

"Où en êtes-vous de cette affaire dont vous m'avez fait confidence ? La personne est-elle prête pour des engagements sincères ? _Mon Will, répondit Yoan entre deux bouffées de fumée, plus cette histoire évolue et plus je me rends compte qu'elle gagne du terrain sur mon âme. _Je ne vois que de bonnes choses en cela, dit Will avec un sourire coincé, et pourtant vous me semblez inquiet. _L'attachement se fait sentir chaque jour un peu plus mais... dit-il avant d'être sèchement interrompu. _Mais, répéta Will avec agacement.Vous dites ! Sacrebleu ! Où est donc votre enthousiasme ? _C'est que la raison gagne... dit Yoan à mi-voix. _Mortifère, vous me tuez d'ennui, lui répondit Will. _Je vous exprime seulement... dit Yoan encore plus bas. _Exprimez-le plutôt à elle, s'écrit Will sensiblement agacé. _Je ferai de mon... bafouille Yoan. _Ne faites rien, s'égosilla Will, vous me lassez l'esprit et le corps tout entier ! _Vous exagérez... récusa timidement Yoan. _Vous, vous, vous, vous, reprit Will en exagérant sur son ton faussement colérique, vous dépréciez donc à ce point ce que le ciel vous offre, alors qu'au contraire vous devriez à genoux féliciter sa récompense, après tant d'attente ?"

Pour finir de culpabiliser son confident, Yoan lui rappela dans quelle circonstance dramatique il avait perdu la seule femme qui fit un jour son bonheur et que lorsque deux esprits se joignent, il vaut mieux saisir cette opportunité plutôt que de créer des histoires. Ce discours eut l'effet escompté puisqu'il ramena l'intéressé dans des dispositions plus promptes à la négoce qui allait suivre :

"Je suis prêt à gager ce qu'il vous plaira mon Yoan, que c'est votre bonheur qui se trouve chez cette personne. Mon intuition ne m'aura jamais fait défaut jusqu'à présent et je maintiens mes revendications."

Au bout de quelques semaines après cette discussion, Yoan répondait aux attentes de Shaïna qui était déjà grosse. Ses rondeurs annonçaient une date avancée de grossesse, alors qu'elle revendiquait le contraire et selon elle si l'infortune venait à sa couche avant terme, cet enfant serait sûrement des plus robustes au vu de sa prise rapide de poids. Pour conclure cet hymen et afin que sa maîtresse puisse être considérée avec les plus grandes distinctions que l'on doive à une dame, Yoan lui fit porter son nom. Mme René-Corail s'offrait à présent tous les bénéfices et droits d'une respectable réputation.

Quelques mois passèrent et Eloïne vint au monde. Elle avait un regard troublant, dû à un œil vert et l'autre marron. Le nourrisson avait tout de sa mère ou de quelqu'un d'autre, mais pour sûr, rien du prétendu père. Ce fut le constat de tout l'entourage, à part celui du concerné qui ne voyait en cette magnifique créature que sa fille, et ne s'attardait pas sur des rumeurs controuvées.

On profita de l'enfant et lui donna tout l'amour et l'attention que réclame l'innocence. Will n'avait pas eu la chance d'avoir un enfant de son nid et on le fit parrain de cette douceur angélique. Pendant les trois premières années de l'immaculée enfant, elle fut élevée de ses parents et de son père de cœur, qui ne manquait pas une occasion d'alléger le couple à des moments opportuns.

Malheureusement la providence ne tarda pas à faire son chemin au milieu de ce bonheur trop parfait. Un jour où Will était en promenade avec Eloïne, elle fit un malaise. Aussitôt elle fut acheminée aux urgences et prise en charge avec les plus grands soins à "la Maison de la Femme, de la Mère et de l'Enfant".

Il lui fut diagnostiqué une maladie génétique orpheline. Selon les docteurs, son unique espoir de guérison se trouvait dans une greffe que seul père, mère, ou frère pouvait lui offrir. Seulement après de multiples examens infructueux, aucun des parents ne trouvait l'histocompatibilité de leur greffon avec leur enfant. En d'autres temps et sans les avancées de la médecine, on aurait observé dans la plus grande des douleurs la fin inévitable de ce trésor, mais là on pouvait encore agir et sauver la petite fille. La science révélait durement que Yoan n'était pas le géniteur de cet être qu'il chérissait avec tant de passion. Rapidement les questions embarrassantes inévitables furent posées à la mère qui était seule à pouvoir répondre de ce que la science avait mis en évidence. À la différence d'un homme, une femme sait étonnamment garder un secret et c'est ainsi que le silence prit la vie d'Eloïne.

Une semaine après ce cataclysme, Will s'en alla à son tour. Il mit fin à ses jours en laissant une lettre que l'on découvrit soigneusement arrangée à son chevet. L'homme révélait ses vérités et à quel point son amitié, quoique profonde et sincère, était tourmentée par la jalousie qu'il portait à son compagnon qui possédait autant de fortune. Qu'après la fatalité qui s'était abattue sur sa femme, il savait qu'il n'aurait jamais les moyens d'en chérir une autre autant un jour, mais que malgré cela il voulait connaître les joies de la paternité. C'est lui qui avait connu Shaïna sur le dark web et rapidement elle tomba amoureuse de lui, et ainsi il eut cette macabre idée. Selon lui, ce pacte démoniaque avec le diable ne lui fit profiter que trop peu de ce bonheur avant d'en être privé brutalement. Dans ce même courrier, Will implorait le pardon et la miséricorde. Il s'accusait d'être un traîne-malheur et selon lui il valait mieux qu'il disparaisse plutôt que de vivre dans les fièvres que porte la culpabilité. Pour lui, s'il s'était dénoncé de cette maudite trahison, sa progéniture serait encore en vie. Il finit sa lettre en ces termes :

"Mon ami, ne me condamnez pas, plutôt priez pour mon âme. J'aurai de cette vie connu trois êtres formidables que j'aurai perdus les uns après les autres. Nelly, ma fille et vous. Adieu mon frère."

Les troubles que causèrent ces aveux firent perdre à Yoan tous les bons sens de la raison. Comment de tels complots avaient-ils pu se nourrir de sa gentillesse sans qu'il n'en voie jamais aucune amorce ? L'ébauche d'un tel plan machiavélique méritait bien plus de ruse qu'il n'était, pour le moment, en état de comprendre. À l'annonce du décès de Will, Shaïna fondit en larmes et demanda à Yoan d'être attentif à un secret qu'elle voulait lui révéler :

"Venez mon époux que vous êtes encore, que je vous fasse confession de mes péchés, qui ne peuvent rester sans être dévoilés. Si mon silence m'aura fait perdre mon amour secret, il est sûr que ce n'est pas cette omerta qui me fit perdre ma fille. Ma ruse était beaucoup plus perfide qu'elle n'en a l'air. L'hypocrite et scélérate que je suis, paie ce soir ses mauvaises coutumes. Je l'ai rapidement adoré cet homme qui fut votre comparse. Comme on idolâtre un dieu et comme on aime un amant, il me possédait toute entière. C'est lui qui me vantait encore vos mérites, car malgré tout il vous appréciait. Cependant, comme moi, il venait d'une famille plus que modeste et me disait vouloir le mieux pour notre enfant. Le pauvre homme qui croyait que je portais son enfant ne connaissait, tout comme vous, que trop peu mes pratiques avant notre rencontre. En ce temps, il ne vit que ce qui pour lui était des qualités : ma jeunesse, ma beauté aimait-il à rappeler, tout ce qui faisait ma fraîcheur et le rendait heureux d'en être le principal bénéficiaire. Je le remerciais de sa tendresse par mille cadeaux que j'avais gagnés de manière peu flatteuse. Je vous vois trembler et la colère se lit dans votre regard, seulement écoutez-moi jusqu'au bout de l'atroce. C'est la rédaction de sa lettre qui délie ma bouche, car l'homme que j'ai aimé le plus profondément n'a lui aimé que cette Nelly, vous, et cet enfant d'un autre. _Un autre, dites-vous, s'écria Yoan choqué. _Ne me jugez pas encore, pleurnicha Shaïna. _Avouez ! Avouez ! hurla-t-il de rage à sa traîtresse. _L'innocent qu'il était, je vous le redis, croyait que je portais son enfant, gémit-elle en essuyant des larmes qui se multipliaient sur son visage. Prêtez l'oreille à mes aveux même si vous êtes sous le choc, car je puise au plus profond de mes cicatrices des blessures qui ne guériront jamais plus. Les filles comme moi pratiquaient régulièrement et sans remords aucun le K.P.N[4]. Cette mode chez les gens de mon âge ne dérangeait que les moralisateurs, dont on ne se souciait que trop peu, de connaître les opinions. Je charmais sur le dark web des hommes qui avaient besoin de chaleur et de réconfort, en contrepartie d'argent ou de matériel qu'ils aimaient à m'offrir. C'est ainsi que je rencontrai mon amour et qu'il me fit vous rencontrer peu de temps après. _Vous, cria-t-il de toutes ses forces, ma femme devant Dieu tout puissant, auriez pu être pieuse en me protégeant d'un tel récit, qui met au grand jour vos qualités de catin. Vous maîtrisez l'art de la fourberie et vous auriez dû vous maintenir dans cette voie où vous vous étiez avec complaisance engagée. Cela dit, comme vous n'avez jamais eu que faire de mon parti, serpent venimeux que vous êtes, vous m'injectez votre venin dans un simulacre de remords. Mon sang se trouble en

---

[4] K.P.N. : Koké Pou Ni

même temps que mes esprits, pendant que je vous hais moins que je vous aime. Je sais que je ne pourrai jamais vous pardonner de m'avoir ainsi ridiculisé dans cette société. C'est aussi pour cela que je vous vomis ! Et ceci étant dit, vous êtes la plus à plaindre dans ces chroniques honteuses. Rien ne vous protège ! Soyez maudite, beauté sans scrupule ! Lilith, femme des ténèbres. Votre poison continue sa progression dans mon corps. Je sens que je ne pourrai faire face toute ma vie à l'idée d'être l'époux d'un tel démon, car c'est bien ainsi que mes yeux vous voient."

Sur ces dernières paroles, Yoan tira un pistolet qu'il avait dans la poche de sa veste et se brûla la cervelle. Quelques jours plus tard, Shaïna fit une dépression et fut acheminée à l'hôpital psychiatrique de Colson où elle séjourna pendant près de huit mois avant de donner naissance à des jumeaux qu'elle baptisa dans sa folie Will et Nelly. Sa méchanceté se mêla à sa haine pour sa rivale et elle sépara ses deux enfants bien trop tôt pour que l'un puisse se souvenir de l'autre, comme pour séparer les deux amants réincarnés. Après l'abandon de sa fille devant un orphelinat, elle s'en alla, avec son fils, refaire sa vie dans un pays voisin où elle eut un autre enfant d'un époux à qui elle ne parla jamais de ce honteux délaissement. Elle appela ce deuxième garçon Yoan en mémoire de cet amour secondaire. Elle mourut de chagrin à l'aube de ses quarante ans, après la disparition tragique de son premier fils, Will, qui portait un nom frappé d'anathème.

Si on se doit de ne pas juger la vie des gens, dans certaines circonstances, des événements d'un comportement antérieur douteux les rattrapent en leur laissant un goût amer. Finalement, le malheur accompagne la malchance jusqu'à sa dernière demeure avant de la consoler d'être de proche parenté. L'un va rarement sans l'autre et l'issue de cette histoire en est de souche référable.

Destins croisés
Bien mal acquis ne profite jamais

Lui sort tout juste de prison ; elle, est amoureuse de lui. Ces Bonnie et Clyde des temps modernes se sont connus à l'orphelinat dans leur plus tendre enfance, et depuis se jurent fidélité. L'amour, ils en ont leurs propres définitions, ayant été ballotés de gauche à droite depuis petits. Maxime Laguerre devint orphelin, un jour de Saint Valentin, après avoir perdu toute sa famille dans l'incendie qui ravagea la pittoresque demeure familiale, située dans les hauteurs de la montagne au Vauclin. Pour celle qui fut son épouse, on la trouva enveloppée dans des draps devant le pas de porte de chez eux, comme ils aimaient à appeler leur lieu d'accueil. Ensemble ils eurent les mêmes idées, les mêmes tentations et penchants pour l'aventure, le risque et le danger, mais surtout les mêmes vices. Ils s'étaient spécialisés dans la piraterie routière. Selon eux, c'était rapide et efficace avec parfois de grosses surprises dans les habitacles des véhicules.

Un soir, alors que la météo annonce un mauvais temps, ils se décident précipitamment à faire un carjacking. Cette embuscade, cette fois, c'était son idée à elle. Aussi hardie que son mari, elle participait à tous les braquages. La méthode était simple. Elle avait pour rôle d'approcher au plus près le véhicule choisi, et une fois l'affaire réglée, elle fuyait rapidement avec une moto.

Voilà que ce soir-là, la panique surenchérie par l'entêtement de cet automobiliste, tourne au drame. Affolée que les choses ne se déroulent pas comme prévues, madame Laguerre tire sur le malheureux, pour l'atteindre d'une seule balle en plein cœur. Les fugitifs laissent le malheureux joncher le bitume chaud et la pluie commence à faire son nettoyage mortuaire, se rendant complice de cette scène de crime. Bientôt le cadavre est déplacé par la crue qui ne fait qu'augmenter. La tempête tropicale Cynthia est ainsi le témoin et l'associée d'un meurtre. Par ironie du sort, la douille unique qui pouvait confondre le tireur sera ensevelie par une boue épaisse. Le temps changeant et devenu nettement menaçant force la mauvaise héroïne à se débarrasser de la moto. C'est en rejoignant son acolyte qu'elle aperçoit sur la banquette arrière le petit siège pour bébé et la petite frimousse qui en dépasse. L'ange qui est à bord a des yeux tous ronds et innocents. Son air sympathique charme immédiatement sa ravisseuse. À ce moment, il n'est plus l'heure de jouer au bandit, c'est l'instinct maternel qui prend l'ascendant sur le lion qui vocifère son agacement pendant qu'il conduit.

Pour elle, il était hors de question de ramener cet enfant où que ce soit et de toute manière, c'est la providence qui la récompense de cette façon. Elle baptisa cette petite fille du même nom que la nature qui lui en avait fait cadeau. Les petits délinquants qu'ils étaient au départ étaient devenus des kidnappeurs et ils en eurent la confirmation lors des différentes alertes enlèvement mises en place par les autorités. Mais là où ils l'emmenèrent, personne ne le sut jamais. Des informations récoltées dans la presse les renseignèrent sur les origines du père, qui venait de l'île voisine de Sainte-Lucie. L'enfant ne put bénéficier du bonheur de vivre avec ses parents légitimes, et encore moins d'avoir les fréquentations de quelques personnes que ce soit. D'ailleurs, au plus grand désarroi de sa mère, elle ne parla jamais. Ses kidnappeurs s'en inquiétèrent au début, pour finir par se résoudre à une punition du ciel contre leur sort pour cet objet non légitime. Ensuite ne pouvant pas l'emmener dans un institut spécialisé, ils baragouinèrent un langage que seuls eux comprenaient.

La difficulté à élever un enfant volé, c'est qu'il faut constamment le cacher, le confiner. Lorsque Cynthia était malade, on ne l'amenait pas chez le médecin, on ne pouvait pas. L'enfant était soigné uniquement avec des remèdes de grands-mères.

À l'aube de ses seize années de détention, on la fit sortir. Les premières fois, elle était escortée de sa mère d'adoption et de son frère cadet de deux ans. Elle se prit rapidement de passion pour la peinture et devint une artiste de talent. Son regard, longtemps privé des couleurs qui desservent notre monde, fut récompensé d'un don certain qu'elle magnifiait dans ses tableaux. On la reconnut et apprécia son travail dans tout le pays. Un jour, alors qu'elle devait être récompensée et mise à l'honneur devant une grande tribune d'amateurs de ses œuvres, elle fit un malaise qui la conduisit aux urgences du CHU de La Meynard. On lui diagnostiqua une maladie orpheline dont seul un membre de sa famille aurait pu la sauver par une opération, dont la compatibilité génétique jouait une grande importance. Dans un premier temps l'annonce de cet inattendu mêla peine et chagrin dans une symphonie de pleurs, qui souligna la mauvaise manigance dans laquelle père et mère s'étaient abominablement liés quelques années avant. Seulement la honte de leur tromperie, mélangée aux vices, les engagea sans grande foi dans une multitude d'examens médicaux. Sans conviction aucune, ils allèrent à la convocation du médecin pour ce qui devait être la confirmation de l'infortune, mais ils firent face à une surprenante compatibilité entre la matrice et la fille, que les tests ADN avaient révélés. Madame Laguerre se posa alors mille questions sur les origines de cet enfant. Comment pouvait-elle avoir un lien de parenté autre que celui qu'elle avait créé ? Elle ne le comprit jamais. Il y a des choses que l'on veut expliquer par les voies du seigneur, et c'est ce que fit cette femme désemparée. Abandonnée à la naissance, pour être perdue et confuse à nouveau. Elle remercia toute sa vie le divin, le pria et lui implora de répondre à ces vérités sur son existence. Elle changea profondément ses manières et se consacra uniquement à l'amour de son prochain.

Ce que les médias n'avaient pas su dire à l'époque du meurtre du père de Cynthia, c'était les raisons pour lesquelles il avait fait ce voyage avec sa fille. Cet étranger, du nom de Will René-Corail , avait emmené sa progéniture en Martinique pour suivre des examens médicaux et rencontrer un chirurgien spécialisé dans un type d'opération, qui aurait pu améliorer la surdité de celle-ci. Hélas ! Le destin tragique en décida autrement ce jour-là.

Maintenant, en y réfléchissant bien, il n'y a que vous, observateurs, qui auriez pu répondre aux questionnements de Mme Laguerre.

Étape par étape

Rapidement dans ce mauvais chapitre, le personnage que l'on suit initiera la conversation avec une jeune capresse, se trouvant assise coupe de champagne à la main, devant une petite table au fond d'un bar.

Elle est svelte et porte une robe rouge pourpre qui met en évidence sa poitrine. Par la justesse de sa tenue et les piercings qui traversent ses bouts de seins, n'importe quel œil initié ou pervers pourrait constater qu'elle ne porte manifestement aucun sous-vêtement. Autour de son cou est déposé un petit collier fin en or et une minuscule petite croix. Son teint est légèrement hâlé et ses cheveux châtains sont fournis et bouclés. Ceux-ci se déposent comme une crinière au milieu de son dos et quelques brins cachent son visage étroit. Un rouge à lèvres de la couleur de son habit recouvre sa petite bouche. Son nez est parfait, car il n'est ni trop gros ni trop petit. Ses yeux sont gris à cause des lentilles qu'elle a mises et sont couverts par de longs faux cils. La personne est attirante malgré ses artifices qui ont été méticuleusement sélectionnés. L'homme quant à lui est le tenancier de l'établissement où l'on se trouve et il profite allègrement de cette situation pour arriver à ses fins diaboliques. Il n'a rien pour charmer naturellement quelqu'un. Il est trapu et laid, mais en contrepartie il a de l'argent et de la tchatche. Cet abuseur de vertu, qui a pris pour habitude de droguer les innocentes ne s'est jamais vu inquiété car la peur, le remords et la culpabilité demeurent dans le cœur de ses victimes. Après un réveil fracassant, ces pauvres personnes n'ont pour souvenir que la douleur qui tient leurs entrailles et leur sexe, rien de bien clair qui pourrait les aider à avoir les mots justes dans un tribunal, face à leur agresseur. Ce démon a sa stratégie bien en place, ainsi presque tous les soirs, étape par étape, ce voleur d'innocence se fait l'acteur d'une lugubre pièce théâtrale :

"Je comprends la déception qui anime votre cœur, sujet probablement à quelques désenchantements du passé ? dit le tenancier à une cliente installée devant une petite table.
_Pourquoi dites-vous cela ? répondit la jeune femme surprise par cette question inattendue.
_Je ne voudrais vous offenser en perçant à jour

un secret enfoui comme un trésor maudit, reprit-il aussitôt, mais mes manières curieuses m'ont amené à vous observer sous toutes vos coutures et le chagrin que je dissimule depuis fort longtemps n'a eu nul avantage sur une intrigue qui n'a fait que croître. Pour avoir hélas bien trop souvent reconnu ces marques qui affligent des corps meurtris par la déconvenue d'une relation amère. Des scarifications profondes témoignent de ce passage à l'épreuve et renseignent qui y prête attention sur les damnations d'une âme sensible. Je sens grandir en vous la colère animée par les propos tenus d'un inconnu, mais avant de me répondre, regardez sur moi-même comme nos destins sont liés."

Il retroussa les manches de sa chemise discrètement pour ne pas attirer l'attention de leur entourage et dévoila des cicatrices similaires sur ses avant-bras. La jeune femme écarquilla ses yeux, surprise de cette entrée en matière juste après quelques échanges de regards. Et pendant qu'il se remettait, son timbre de voix devenait plus confidentiel :

"Nous serons un jour vous et moi récompensés du châtiment éternel, dans les portes de l'enfer pour avoir voulu changer les desseins de notre créateur pour nous. Nul n'a le droit de s'infliger de tels stigmates et d'essayer de porter atteinte à son souffle."

Elle expia en rentrant sa tête, et l'homme plein d'assurance s'assit à sa table. Voilà comment il gagna sa première étape :

"J'espère ne pas trop vous importuner ? lui dit-il. De plus, je ne me suis même pas présenté à vous. _Cela n'est guère utile, répond-elle, même s'il est vrai que je ne suis pas aussi perspicace que vous, mais c'est une amie qui a levé le voile sur votre identité lors de mon dernier passage ici. Vous êtes le détenteur de ces lieux où l'on se plaît à venir chasser l'ennui que crée la solitude. Votre analyse est très déstabilisante pour moi qui suis un modèle de discrétion. À part vous, aucun de mes proches n'a jamais su cette tempête qui manqua de mettre fin à mes jours. Je dissimulais à tous ce chagrin profond qui m'enferma dans mes tourmenteuses réflexions. L'homme qui me fit regretter ma vie, me fit connaître d'autres passions comme la colère, la haine, la rage… et je découvris des qualités à certaines d'entre elles… sachant que tôt ou tard la loi du talion s'appliquera pour réparer mes injustices. _S'il l'a mérité, il faudra qu'il en réponde, assure l'homme. Je vous comprends ; j'ai le même dédain pour une femme. Si aujourd'hui on a coutume de dire que les femmes viennent de Vénus, sachez que jadis les romains baptisèrent cette étoile du matin Satan. Quelle drôle de coïncidence historique me direz-vous. Non ! La femme est mauvaise, elle est damnée par l'éternel lui-même. Il n'est pas question que vous ne puissiez ou sachiez occuper une progéniture. Cela est possible par instinct puisque ces lois sont inscrites dans la nature. Cependant, dans cette même nature, il y a des règles qui diffèrent pour chaque espèce et celles des hommes sont des plus complexes. Si le créateur avait voulu qu'une femme puisse se passer d'un homme pour élever ses enfants, le grand seigneur l'aurait conçu hermaphrodite et l'homme stérile ; à ce moment uniquement, et en toute légitimité, vous auriez pu prétendre une détention absolue de vos affaires. Or les deux sont complémentaires ! Il n'y a pas moins d'amour chez l'un que chez l'autre ! _Mais nous le portons tout de même neuf mois, s'exclame-t-elle !

_Quelle affaire, surenchérit-il ! Eût-il été porté deux ou trois années... Je vois que vous ne mesurez pas la gravité du sujet. Où sont passées les femmes fières d'avant qui se battaient en toute dignité pour élever leur descendance ? Au lieu de ça, vous avez affaire à des mères CAF qui condamnent des pères qui parfois ne savent même pas qu'ils ont été piégés quelques années avant, et que l'appât du gain ramène par un jugement devant "le complice proxénète des affaires familiales". Comment juger un homme qui a été dupé et ainsi lui donner tort. Un ami qui se plaisait à venir ici, Yoan, se croyait père alors qu'il ne l'était pas. Le pauvre mit fin à ses jours, emporté par le chagrin. Un autre comparse encore ne voulait pas d'enfant, et la fille qu'il fréquentait lui jurait régulièrement de prendre une pilule contraceptive. Il n'en était rien ! Voilà que cinq ans après une surprenante disparition, elle réapparaît par le biais d'une convocation au tribunal adressée au présumé géniteur, se justifiant d'une pension alimentaire non réglée sur plusieurs années. Allez... Ne faites pas l'innocente ! Vous avez déjà entendu ce genre de propos dans vos réunions entre femmes ? _Hélas monsieur, répondit-elle ! Je ne me connais qu'une seule amie fidèle et je n'ai jamais eu grand récit de ce genre d'histoire que vous me racontez ici. _Voilà encore autre chose qui conforte mes propos, dit-il, on a coutume d'entendre les femmes dire qu'elles n'ont pas de compagnie féminine, parce qu'elles sont souvent la cause de petits conflits, aussi préférez-vous celle des hommes qui ne créent pas de problèmes. C'est la preuve que vous ne vous supportez pas entre vous. Seulement, avez-vous déjà entendu des hommes parler de la sorte ? Favoriser la présence des femmes pour quelque cause. _Vous oubliez monsieur, dit-elle, que je suis ce que vous réprouvez le plus sur cette terre. _Non ! répondit-il avec énergie. Vous êtes celle que j'adore et le fait de haïr les autres fait que je ne vous tromperai jamais. _Ne seriez-vous pas fin manipulateur ? demanda-t-elle. Vous me montrez à quel point vous détestez les qualités qui font de moi ce que je suis, une femme, pour finir par m'honorer de douteuses flatteries. Ce sont ainsi vos procédés, monsieur, vous avancez étape par étape pour gagner votre gage. Je vous aurai écouté avec grande attention. Aussi, j'en déduis que la manière dont vous me jugez ressemble un peu à la mienne envers vous. Est-ce donc mes traits fins de capresse qui vous séduisent et rien d'autre monsieur ? _Laissez-moi me rattraper ! lui dit-il en déjouant avec habileté la question. J'ai été déçu d'un long voyage qui m'aura coûté mon âme, pour cause mon ex-épouse partie avec mes trois enfants que je ne revis plus depuis.

Elle s'en alla avec un faux-frère, homme d'équilibre parfait. En plus d'être beau, ce boute-en-train possède de multiples talents qui lui auront permis de séduire mon objet. L'homme est stewart sur une compagnie charter. Aussi, sa facilité pour mener un débat et son vocabulaire riche auront eu raison de ma femme. Heureusement je suis guéri aujourd'hui, j'ai trouvé un moyen de noyer mon chagrin, ajouta-t-il avec un sourire espiègle, et avalant d'un seul trait son verre d'alcool. _Qu'est-il donc ce moyen ? demanda-t-elle, il pourrait peut-être me servir ? _Je vous en ferai confidence un peu plus tard, lui dit-il, après que vous aurez partagé une coupe de champagne avec moi. _Volontiers, répondit-elle."

Et c'est ainsi qu'une nouvelle étape fut franchie. S'en suivirent des discussions animées sur toutes les thématiques du monde. Les sourires échangés sont chaleureux après avoir bu plusieurs coupes. Bien plus tard dans la soirée, alors que la confiance fut installée entre les deux parties, le manipulateur invita sa proie à le suivre dans une garçonnière qu'il possédait à quelques rues, afin de profiter d'un peu plus d'intimité. Elle déclina l'invitation comme une jeune femme devrait le faire au moins le premier soir si elle n'avait eu aucune intention. Cependant elle promit au tenancier de bien vouloir revenir un autre soir et lui proposa de célébrer cette rencontre par un dernier verre de l'amitié. Il fit apporter par la serveuse deux nouvelles coupes de cette boisson à bulles. Quelques minutes après, le scélérat semblait être mal et il demanda à sa nouvelle amie de bien vouloir l'aider à gagner ses appartements. Elle n'accepta que sous la condition que ce n'était pas une ruse de celui-ci et que de toutes les façons, il n'obtiendrait rien en agissant de la sorte. Il jura ne pas être dans son meilleur état et qu'il lui saurait gré de rapidement le ramener. Au bout de quelques minutes à peine, ils arrivèrent dans le local. Elle le fit allonger sur son lit maudit et lui dit :

"Ça me donne un étrange sentiment de revenir dans votre abattoir comme vous aimez à l'appeler."

L'homme surpris et bien faible semblait perplexe.

"Je vous sens troublé, lui dit-elle encore. Avant que la drogue ne vous enivre complètement, sachez que mon amie Fatima, votre serveuse qui se faisait votre complice, pleine de remords, vous a drogué à ma demande. Voyez comme les femmes arrivent à s'entendre lorsque l'émoi demande justice. Votre GHB vous donnait le pouvoir que votre personne n'arrive pas à obtenir. Vous qui avez abusé de moi parmi tant d'autres par le passé, allez payer aujourd'hui monsieur le violeur."

À ce moment, la jeune femme change d'humeur. Les larmes aux yeux, elle s'agenouille au-dessus du lit où est allongé l'homme et poursuit :

"S'il vous plaît ! Laissez-moi vous dévoiler comment mes souffrances se sont inscrites dans mon ADN. Chaque matin n'est qu'un sursis de plus que l'on méprise, parce que la vie nous rappelle l'atroce, dès l'aurore, alors qu'on aurait voulu en finir la veille. En vous appropriant ma chair, vous m'avez rendu otage de mon propre esprit et de cela nul remède, nulle thérapie ne vous guérit. Pour nos proches, on arrête d'en faire état pour les soulager eux, mais chaque chanson, chaque livre, chaque film... qui en susurre l'idée, vous ramène cruellement à votre réalité. Pour que vous n'arriviez pas à reconnaître votre proie qui se dresse devant vous et que vous avez conduite en ces mêmes lieux, il y a près de cinq ans, par diverses opérations j'ai dû rendre mes formes plus attirantes pour le prédateur que vous êtes. Pendant tout ce temps, mon corps meurtri a changé. J'ai également changé de couleur et de coupe de cheveux pour ensuite vous épier nuits et jours pendant si longtemps. Je voyais ces malheureuses sortir en larmes dans la pénombre du matin, mais je ne pouvais rien pour leur secours car j'étais tétanisée par votre seule présence. Mon propre appui étant déjà branlant, il n'aurait pas fallu grand-chose pour que je finisse ma course dans un asile d'aliénés. Oui, vous m'avez fait atteindre la folie, le désarroi, la solitude à son paroxysme. Je voulais que cela cesse, mais ne voulais pas vous accorder la douceur d'un tribunal pour vos fautes. Il m'a fallu que les années passent pour avoir un semblant de répit la nuit."

Le séquestré finit par tourner sa tête, honteux d'avoir été démasqué et de s'être fait prendre. Sans un mot, il croise le regard de sa ravisseuse comme par défi. Elle rapproche son petit sac à main d'elle, en sort un mouchoir et essuie ce chagrin qu'elle juge indigne d'elle face au dédain de son accusé.

"Je ne suis pas venue vous sermonner, dit-elle, vous qui me prenez d'un air hautain ! Diable que vous êtes ! Vous reconduisez vos méfaits sans remords aucun ! J'aurais souhaité que mon sort ne soit qu'un accident dans votre vie, pour lequel votre cœur en accuserait chaque jour le repentir. Mais non, bien au contraire, c'est votre mépris pour la femme qui vous encourage. Ce soir, je vous délivre du sortilège qui vous emprisonne, car je ne puis imaginer qu'un homme ayant grandi sous le sein d'une femme, puisse être aussi mauvais. Plus tôt vous me promettiez d'être récompensés au châtiment éternel, dans les portes de l'enfer pour avoir voulu changer les desseins de notre créateur pour nous. Dieux et diables peuvent se disputer le devenir de mon âme, je n'en ai que faire. Je me rends justice moi-même puisque le Seigneur aurait dû le faire depuis bien longtemps. Moi Mélanie Vincent Sully, Je vous juge ce soir et je vous condamne ! Ma reconstruction ne sera complète qu'à votre trépas, puisque votre crime n'est point expiable. Lorsque vous serez enfin à votre place sous terre, personne ne vous pleurera et les crachats de vos victimes seront les seuls ornements qui s'étaleront sur votre sépulture. Et si à votre mémoire il était monté une stèle qui vous valorise, je la vandaliserai sur le champ, pour vous dévoiler au monde tel que vous étiez. Mourez sous mes mains mon démon !

Cette fois elle sortit un poignard de son sac et pendant qu'il ferma les yeux, le lui enfonça, en douceur, en plein cœur. Le corps fut découvert deux jours après et personne n'eut rien vu, ni dit mot. Même l'enquête fut bâclée par la police. Après tout, il avait eu ce qu'il méritait.

Radio LJHDM
Mots pour maux

"Je suis fan de cet artiste et j'ai gagné le droit de participer à l'émission ! Trop cool ! Je filme tout et j'en raterai pas une miette !"

Nous sommes le 7 décembre 2017, il est presque 9h30. Aujourd'hui on reçoit un artiste talentueux, mais aussi réputé pour son caractère peu facile. Nous sommes sur une antenne populaire, avec son animateur phare. Ce matin, il ne manque pas de matières grises à la table pour faire une bonne émission radio.

"Chers auditeurs, auditrices si je vous dis :

"Esprit tordu passe ton chemin.

Ici on manie le verbe.

Les prouesses de l'esprit.

On ne cherche pas de meilleures solutions ou de meilleures vérités.

On apprécie son temps, son espace.

On ne cherche pas non plus les approbations des détracteurs quels qu'ils soient, déguisés en fans, pour conforter ce qui vient de l'inspiration de l'âme."

Les choses étant dites nous pouvons commencer ! Alors c'est ainsi que commence votre nouvel ouvrage Cédric ?! _Oui, répondit l'invité, exact ! (Ça commence bien ! J'ai dit à ce crétin de m'appeler Mister... dit-il dans sa barbe). _De quoi parle-t-il ? demande le présentateur. _Un peu de tout, répondit l'auteur agacé, amour, passion, philosophie (Si seulement tu l'avais lu, couillon, je te l'ai envoyé il y a un mois ! se dit-il intimement). _La réponse n'est pas très éloquente! lance le boute-en-train pour piquer son invité qu'il ressent crispé. _La question n'est pas très perspicace non plus ! répondit l'artiste qui frotte ses mains avec énergie. _Je tâcherai de mieux faire ! relança l'animateur avec ironie. _Je vous en prie, s'enthousiasma faussement Mister, faites comme il vous plaira ! L'on dit que vous êtes excellent orateur, prolixe et qui plus est riche en verbe, monsieur Moutoussami. _Merci pour ces flatteries ! répondit l'orateur pompeux. Vous pouvez m'appeler Fred sur l'antenne... _Bien entendu, et moi Mister ! dit l'artiste avec un ton haut et les deux poings serrés sur la table."

Fred fait mine de ne pas voir l'état dans lequel se trouve celui qui est en face de lui, mais profite du caractère sensible de son invité pour vivifier son entretien. C'est ainsi qu'il procède régulièrement pour augmenter ses audiences. Il est reconnu pour avoir un audimat constamment en hausse au détriment de ses hôtes. Ce qui a souvent des incidences après coup sur la réputation de ses victimes, piégées dans une machinerie minutieusement montée par le provocateur, afin de satisfaire un public en quête de polémique.

"Bienvenue sur l'antenne de Radio LJHDM[5], dit Fred, pour ceux qui nous rejoignent, il est neuf heures et trente cinq minutes. Aujourd'hui, nous accueillons un artiste aux multiples casquettes. Mister Chevignac ! Qui êtes-vous ? _(Alors là de mieux en mieux ! Nonm manmanw ! (l'homme de ta mère) se dit intérieurement l'artiste). Je suis un artiste avec toute la complexité que cela comporte, répond la vedette exaspérée. Je ne suis pas de ceux qui demandent à leur public de taper des mains ou cherchent à savoir s'ils vont bien parce qu'ils ne les entendent pas. Non je ne ressens pas ce besoin de monter sur une scène pour amuser le peuple. Je l'ai fait dans plusieurs conditions et je m'en suis lassé également. Je suis parnassien,

---

[5] LJHDM : Les jeunes héros du monde

amoureux de la poésie et de l'art sous toutes formes qu'ils puissent servir. Amoureux, encore, des milliers de couleurs que diffuse la poésie dans l'esprit des rêveurs. Je veux partager des sentiments plus profonds avec ceux qui apprécient mes qualités. (J'hallucine ! le gars sort du studio et me laisse tout seul, se dit-il). Voilà pourquoi j'essaie de contenir mes émotions en tous temps (Merde, les gens vont se demander ce que je raconte... mais on n'a pas idée de faire ça ! pense-t-il. Le gars me pose une question et il se barre). Alors, quand je travaille à la maison ou ailleurs - car il n'y a pas de lieu pour cela en réalité - je profite de l'inspiration lorsqu'elle se présente à moi (Ah ! le revoilà ! Putain, fais ton boulot mon vieux ! se dit-il en toisant l'animateur)."

L'animateur s'était absenté rapidement pour dégoupiller une petite fiole de rhum qu'il portait sur lui en permanence. Il prit une gorgée pour se mettre à son aise et retourna à son poste.

"Ok, bien ! dit Fred avec ardeur et une énergie suffisamment vive pour poursuivre son examen. Sinon, travaillez-vous exclusivement chez vous ? _(Comment, y a pas de retour dans les couloirs ? se demanda Mister. Tu ne m'écoutais même pas en plus). Grâce à mon téléphone, je peux noter les idées dès qu'elles me viennent et il m'est déjà arrivé d'écrire sur scène... _Ok très bien ! interrompit l'animateur visiblement inattentif et inintéressé par son interlocuteur. Alors moi je vous propose de faire une petite pause musicale. _Ça me convient tout à fait ! (Bref ! se dit l'artiste en abdiquant, déconcerté par le déroulement de l'émission.). _Nous allons écouter un petit jazz ! annonce Fred à l'antenne en regardant Mister et feignant son approbation. Ça vous dit ? _Bien sûr ! répondit Mister. J'en ai composé de très beaux, tels que "The sky of madinina is blue" "Je te reverrai" et puis sur mon premier album "Douce coda"... _Ok... interrompit Fred avec nonchalance. Non! Nous avons programmé "Bamboleo bambolea". À tout de suite sur notre antenne. _(Kisa misié ka di mwen la ! se dit Mister. Alors mussieu m'invite pour que des étrangers morts en dix-huit-cent touchent des droits Sacem sur la radio publique. Je vais mourir ici ! J'aurais dû rester à la maison en compagnie de Caprice). _Si cela vous sied, en fin d'émission, nous pourrons passer une de vos sérénades. "Zanfan kréyol" par exemple ! dit Fred avec un sourire en coin. (Bof ! se dit l'artiste de plus en plus décontenancé. Boug mwen, sé ou ka wè, pa fosé kow...). Comme vous voulez monsieur Fred."

Le titre touche à sa fin et Fred semble satisfait du déroulement de son émission. Il se recentre sur son siège pour ranger ses fiches et donne quelques directives au régisseur d'antenne. Ensuite il fixe l'horloge sans porter la moindre attention à son invité, puis il reprend avec un naturel déconcertant :

"Mister, nous voilà de retour ! Je voudrais faire un petit jeu avec vous. Êtes-vous joueur ? _De manière générale je ne joue pas, répondit l'invité. Je suis rarement vacant pour permettre au temps de m'attribuer l'envie de telles occupations que sont les jeux. _D'accord, répondit Fred en appuyant son désintérêt par un soupir profond et un regard lancé au plafond. Donc vous nous dites ce que vous aimez et après quelque chose que vous n'aimez pas du tout. J'aime que l'on porte attention à mes propos, répliqua sèchement Mister. Je n'aime pas les hommes qui battent leurs femmes (Mais qu'est-ce que je dis là ? se dit-il. Qu'est-ce que ça vient faire ici ?)."

Seulement, l'homme en face s'est senti visé car il a cette pratique courante de battre sa malheureuse épouse. Sa main légère est devenue une arme pour celle à qui il avait témoigné les meilleures intentions que sont l'amour et la protection pour la vie. Qui n'aurait pas voulu infliger la loi du talion à cet homme, après avoir constaté l'état physique et psychique de sa victime ? En tout cas, les propos de l'invité résonnent fortement face à l'ego de l'animateur, qui s'oublie :

"D'abord qu'est-ce que vous en savez ? J'en sais monsieur que vous ressemblez fort à votre frère que l'on retrouva un poignard enfoncé dans le cœur, insiste encore l'accusateur. Il n'y a nul doute que vos pratiques doivent être similaires… _C'est de la diffamation, répondit nerveusement Fred dans un élan de colère. Vous souillez mon nom ainsi en pleine audience. _Monsieur vous vous souillez vous-même de par votre comportement, renvoya violemment Mister. Vous empestez l'alcool à mille lieues à la ronde. Attaquez-moi dans le tribunal qu'il vous plaira, mais cela n'arrangera en rien la promesse faite à votre ampoule de tafia maladroitement dissimulée dans votre pantalon. Votre vice est mis au grand jour, parce que vous avez joué ainsi de maladresse devant un homme attentif au schéma de la nature. Je profite de mon intuition car elle me sauve de bien des désagréments. Vous êtes aussi sûr de vous que je le suis de moi, à la différence que le mensonge ne croise pas ma bouche. Si cette émission devait me faire découvrir, eh bien qu'il en soit ainsi, que mes pairs et mes fans me voient comme je le suis réellement. Je ne veux pas porter le masque de la honte et me déguiser de paraître. Qui suis-je ? Vous me demandez ! Je suis humble et je suis prétentieux. Je suis bon et je suis mauvais. Je suis donateur et je suis radin. Je suis bienfaiteur et je suis moqueur. Je suis gentleman et je suis vulgaire. Je suis ambitieux, courageux, teigneux, coquin… imparfait et simple. Je suis un caméléon, vocabuliste. Ma lexie se dépose sur un tapis de velours si la personne en face est aristocrate, en revanche pour les roturiers, les vilains et coquins de votre espèce, mon argot de cité s'exaltera. En somme je vous le dis, je m'adapte. Mais jamais, entendez-le bien, je ne mens à quiconque. Cette faiblesse qu'est le mensonge, je la laisse pour les situations de peur de l'autre, dont mes souvenirs n'ont pas eu témoignage depuis fort longtemps. Alors face à vous je me régale. Vous qui transpirez, saisi par le stress."

Au même moment, le technicien fait signe à Fred de continuer l'émission, car l'audience est à son paroxysme.

Le téléphone est en ébullition tellement les appels qui rentrent sont importants. Rattrapée par son ego, la vedette improvise une série de questions destinées à déstabiliser et ridiculiser par la même occasion son invité du jour. À ses yeux, il n'est pas question de perdre la face en plein direct et il faut rapidement inverser la situation qui pour le moment, n'est pas à son avantage. L'animateur se recentre sur son fauteuil ; ensuite il démêle le cordon de son casque, tourne le bouton du volume sur sa console pour ajuster le réglage de son écoute, étouffe un petit raclement de gorge destiné à éclaircir sa voix, puis finit son rite en approchant au plus près de lui la perche de son micro. Voilà que le Léonidas de l'antenne revient fier avec son petit sourire en coin. Ils sont trois cents (mille) à écouter ce soir et comme dans la légende, la défaite sera sanglante.

"Mister, interpella Fred, puisque c'est ainsi que vous vous faites appeler... Ne trouvez-vous pas que ce titre fait un peu prétentieux ? Pourquoi vous êtes-vous donc baptisé ainsi ? _Prétentieux ! répondit Mister avec un faux air surpris. Me voilà fort surpris qu'une telle question sorte de l'esprit d'un homme aussi pieux et sage que vous, mais pour vous répondre plus simplement, c'est probablement après avoir décelé quelques-unes de mes qualités qu'une artiste de Dancehall, étonnée que je n'aie pas de nom de scène, me baptisa ainsi sur le featuring de "En Gard'ÀV(ue)" extrait de mon second album.

Je vois que vous écarquillez les yeux, monsieur ; aurais-je dû dire : combinaison ou partage musical, puisque je constate que vous êtes peu à votre aise avec les langues ; je peux vous renseigner sur la définition exacte de mon titre ! Mister n'est qu'un mot anglais que l'on emploie pour définir les hommes, Monsieur ! _Vous trouvez-vous bon chanteur ? demanda encore Fred. _Youp'lala[6] ! s'exclama l'artiste en secouant sa tête, Vous courez véritablement dans un couloir d'aliénés !

Il serait vraiment intéressant que vous lisiez mon ouvrage, cela vous éviterait des déconvenues pittoresques. Il y a un de mes chapitres qui traite des critiques et je dis ce que je pense sur les bonshommes qui en usent de manière trop générale. J'interprète mes compositions en toute justesse et j'ai le mérite d'être créatif. Je ne prétends pas être un chanteur à voix ; seulement si j'avais un choix à faire, il se

---

[6] **Youp'lala** est le personnage du livre pour enfant de l'auteur.

tournerait aisément vers les qualités que la nature a bien voulu me concéder à ce jour. Je suis un homme comblé dans son art. Vous trouvez-vous bon animateur, monsieur ?"

En faisant mine de ne pas entendre la question, Fred réajuste son casque et continue à piquer son invité :

"Dans les couloirs de la radio on dit que vous êtes frimeur. Comment considérez-vous ces propos à votre égard ? (Négropolitain, donneur de leçons ! Zot toujou konnèt toute bagay ! (vous connaissez toujours tout ! se dit-il). _Mon cher Fred, répondit Mister, dans les couloirs j'ai entendu beaucoup de propos sur vous également ; cela étant dit, ces bruits ne sont-ils pas faits pour rester dans ces lieux souvent glauques et faibles d'éclairages artificiels. Recensez-moi les gens qui les traversent et ceux qui s'y arrêtent. Vos enquêtes sont étrangement menées ! Mais pour répondre clairement à votre question monsieur ! La frime pour laquelle on me juge aujourd'hui je la revendique fièrement. Je suis là pour faire rêver mon monde et ce par tous les moyens. C'est mon métier qui me pousse à l'extravagance. C'est ma vie qui est devenue mon métier. Être un artiste c'est être différent et voir les choses autrement. Tous ceux que la télévision a propulsés au sommet de la gloire et qui n'étaient pas à leur place sont redescendus... rares sont ceux qui ont continué à percer. Pour ma part, je suis mon propre produit... je suis mon art dans toute sa complexité. Quelque soin que vous preniez à dépeindre mon mauvais caractère, mon gentilhomme, vous ne faites que confirmer les polémiques qui s'établissent au-dessus de vous-même. _Nous allons recevoir l'appel d'un auditeur si vous le voulez bien, lui répond froidement l'animateur déjà plus qu'agacé par l'éloquence de l'artiste. _J'en serai ravi ! répondit sèchement Mister pour témoigner de son désintérêt."

On fait savoir à Fred qu'une dénommée Lisa est en ligne.

"Bonjour, Lisa nous vous écoutons ! dit Fred."

L'auditrice répond avec un timbre de voix timide et légèrement sanglotant :

"Tout d'abord je tiens à vous remercier monsieur Mister. J'ai perdu l'habitude d'écouter cette émission et je ne sais par quel miracle ce matin vous m'encouragez à me libérer. Jamais je n'aurais eu l'audace et l'assurance que vous avez eues. Je m'étais convaincue que mille raisons m'obligeaient à garder le silence. Mon âme s'est perdue il y a déjà si longtemps et je me suis emprisonnée dans la culpabilité. Mon corps meurtri en surface, et moi déchirée par mes souffrances intérieures m'ont amenée à vous appeler. J'endosse la responsabilité de n'avoir pas fait ce qu'il fallait pour l'aider, lui. J'assumerai sûrement les désagréments que portera cet appel, mais plus jamais l'injustice ne s'abattra sur moi. _Je sens la détresse dans vos mots Lisa, lui répondit Fred, puis elle continua avant qu'il n'eût le temps de dire autre chose. _En réalité je ne m'appelle pas Lisa, répondit l'auditrice, et nous nous sommes perdus depuis si longtemps que tu ne sais même pas différencier mon émoi de celui d'une autre. Je t'en supplie Amour, abandonne ce qui t'emprisonne depuis si longtemps…"

Et avant qu'elle eût fini sa phrase, Fred demanda à la Régie d'interrompre la communication. Seulement, ce soir, même le technicien qui a baissé la tête fait mine de ne pas voir que l'on s'adresse à lui. Fred rapprocha la perche de son micro et répondit :

"C'est un mauvais canular ce matin sur notre antenne ; j'espère que nos auditeurs ont apprécié la mise en scène, assura-t-il."

Madame Moutoussami reprend la parole avec une voix en sanglots et entrecoupée de petits gémissements :

"Mon timbre est si trouble que tu ne reconnaisses pas la voix de ton épouse... Je n'ai jamais cessé de t'aimer, seulement toi m'aimes-tu comme moi je te chéris encore en ce jour ? Je sais que tu n'es pas à l'aise à cet instant, malheureusement m'as-tu donné le choix... je n'en peux plus... je ne vis plus... Mon être m'insupporte car j'ai honte de ce que je suis devenue. Ta fiole de tafia a pris la place d'une maîtresse dans ton cœur et celle-ci me hait, puisqu'elle te fait me battre. Je ne reconnais plus... je ne vois plus cette flamme qui t'a encouragé à me prendre pour femme... loue l'éternel tout puissant... oublies-tu qu'il nous regarde chaque jour qu'il fait ? Le succès t'a enrobé de vanité et je constate amèrement que ton orgueil n'accepte pas de recevoir en face de toi un homme aussi fat que toi, ou bien peut-être meilleur si mes sentiments me trompent. En tout cas, c'est un triste spectacle dont tu t'es rendu complice tout à l'heure, toi qui jurais naguère de ne jamais te perdre dans les méandres du sordide. Oh démons je vous en conjure, rendez-moi mon tourtereau. Libérez son âme et prenez la mienne maintenant. J'ai trouvé ce revolver dont je te priais de te débarrasser…"

À ce moment, elle supplie son mari de lui répondre, mais hélas rien ne sort de la bouche de l'intéressé. Il fixe son invité et ses yeux se vident. Son regard devint complètement inexpressif car il a peur. Un coup de feu retentit en confirmant que le pire vient de se produire. Les deux agitateurs sont paralysés et tétanisés par le bruit de la détonation qui a résonné à l'antenne. Là, plus un mot ne sort de cette radio et le silence est si pesant qu'il donne froid dans le dos. D'un coup, Fred se mit à hurler à tue-tête le nom de sa femme sans jamais obtenir de réponse en retour. Mister eut un sentiment de honte lié à son triste rôle dans cette émission et les accusations proférées à son encontre par la femme de son adversaire, l'ont profondément marqué. Il prend la main de son hôte pour révéler une trêve manifeste. L'éclat de la détonation avait eu la même résonance que la cloche d'un ring de boxe. Leur match s'était achevé sans qu'il n'y ait de vainqueur, car nul arbitre en ce jour ne pouvait mesurer les dommages collatéraux des deux protagonistes. Mister dans un dernier élan, motiva son rival, qui était resté écroué au fond de son fauteuil à cause de la violence de la scène, à rejoindre rapidement son domicile. Pendant le trajet une seule chose tourmente Fred ; voir le corps inerte de sa femme jonchant le sol.

Les hommes arrivent vite sur les lieux où certains voisins et auditeurs curieux sont déjà présents. C'est Mister qui ouvre la porte car Fred privé de tous ses moyens n'arrive pas à l'ouvrir. Cette dernière s'ouvre et livre le corps inanimé de la pauvre femme. Fred s'effondre à terre en implorant le ciel, tandis que Mister perplexe de ne pas voir de sang sur la victime ou autre part, s'avance au plus près pour constater qu'elle est seulement évanouie.

Par chance cette histoire qui avait mal démarré eut une issue diamétralement opposée. Madame Moutoussami qui avait trouvé l'arme de son époux, avait eu la providence de son côté. Lorsqu'elle eut retourné le pistolet contre elle, sa main tremblante et son manque de pratique firent qu'elle reçut la crosse de l'arme en pleine tempe en essayant de tirer. Elle fut assommée et ne reprit connaissance que dans les bras de son mari, qui dans la panique ne s'était pas préoccupé de la présence de son accompagnant. Les deux hommes s'en étaient voulu respectivement et bien plus tard s'encourageaient de la bonne tournure des évènements. Ils devinrent de proches confidents. Pour se rapprocher de son épouse, Fred arrêta son animation à l'antenne pendant près de cinq ans et beaucoup d'auditeurs ont gardé à l'esprit qu'elle était morte ce jour-là. Depuis l'homme épanoui dans ce qu'il appela sa renaissance ne toucha plus jamais à l'alcool et ne leva plus jamais la main sur sa femme.

Bobo à l'hôpital

Dans un grand couloir des urgences de la MFME, une télé brouille le silence. Le journal télévisé passe sur une chaîne en continu. Les informations fusent d'un sujet à un autre et se font motif pour animer des conversations plus ou moins bruyantes par intermittence. D'une fillette victime de maltraitance qui vient d'être découverte, à une possible guerre entre les États du Moyen-Orient et bien d'autres thèmes sans la moindre importance. On en oublierait presque les causes de notre présence en ce lieu et à cette heure avancée de la nuit.

Un homme avec un teint hâlé et des yeux vairons, gesticule dans tous les sens. Il porte une veste blanche, longue et mal taillée avec un pantalon noir très large sur des chaussures de ville, usées à force de marche. Le personnage visiblement sérieux dans ses affaires engage alors la conversation avec deux femmes assises en face de lui :

"Qui consume sa relation avec indolence ? Personne en réalité. La tromperie est souvent la résultante de ce manque d'entrain dans une romance, qui se voulait pure au départ, causant ainsi le désintérêt pour ce qu'on chérissait les premières saisons. Comme un parasite qui ronge la chair de son hôte, on observe le résultat d'une alliance qui se voulait durable et se révèle des plus fragiles face au danger de l'incertitude que fait naître la tentation. Pour ne plus être abordable, il faudrait fermer ses sens. Ce qui est envisageable pour le commun des mortels, mais infranchissable pour un artiste qui achemine son existence aux frontières de l'inexplicable. Ce sixième sens intuitif ne peut s'ignorer ; il n'est pas du même ordre que le goût, le toucher, l'ouïe, l'odorat, et la vue, qui eux se rapportent en partie à la physiologie. Car ici je vous le dis on traite de phénomènes parapsychiques.

L'intuition qui guide les créations n'est pas une déduction conduite par un calcul qui avec un peu de génie accordera votre vie à votre vouloir. Le jour où l'instinct disparaît, c'est la mort programmée pour le concerné qui perdra ses repères pour sombrer dans de ténébreux tourments existentiels. Toutes ces choses se rapportent irrémédiablement au bien-être. Avant tout cela je l'ai faite moi la guerre ! Dans la légion, j'ai appris toutes sortes d'arts dont je vous protégerai en ne vous les révélant pas. C'est lors d'une permission que j'ai rencontré "ma mie". C'est ainsi que je l'appelais. Fatima était une jeune Mauresque[7]. Son type ressemblait un peu à celui de nos Mulâtresses, avec ses traits fins, ses cheveux mi-crépus mi-plats et sa couleur de peau qui semblait ne pas vouloir s'imprégner de notre généreux soleil tropical. C'est son nez qui la trahissait car il ne laissait rien apparaître de négroïde. Le vice de la malheureuse c'était l'alcool. Elle noyait le chagrin d'un crime odieux, qu'elle ne me révéla jamais, et dont elle s'était rendue complice. Je la vis sous mes yeux sombrer jour après jour, semaine après semaine,

---

[7] Mauresque se dit d'une femme d'origine Maure. Les Maures sont des populations berbères d'Afrique du Nord-Ouest.

mois après mois. Voilà comment je perdis ma maîtresse... mais ma fille lui ressemble tant."

L'homme expia, comme désemparé du récit de ses propres chroniques puis il reprit après un court moment de silence avec un ton plus serein :

"Elle, elle venait de La Courneuve, elle avait beaucoup d'amis antillais et avait trop entendu parler de Fort-de-France pour ne jamais y mettre les pieds un jour. Une fois en Martinique, il est difficile d'en repartir sans d'amers regrets. Alors elle décida de s'y installer, au moins pour une année pensait-elle. Rapidement, elle fut embauchée comme serveuse dans un bar. C'est en ces lieux que je fis sa connaissance. Elle avait ce petit accent étranger qui la révélait encore un peu plus lorsqu'elle parlait et c'est ce qui me plut, à moi et certainement à d'autres aussi. Ses souvenirs évoquaient une petite sœur que je n'eus pas l'occasion de connaître car celle-ci vit à ma connaissance encore sur Paris. Mon idole s'était prêtée à une abomination dont je vais vous résumer les méfaits. En échange de quelques avantages pécuniaires, elle…"

L'homme fut interrompu dans sa romance par l'une des deux femmes qui suivait attentivement le déroulement de l'histoire :

"Il me semblait, cher monsieur, que votre amie ne vous avait pas fait l'aveu de son mauvais parcours, lui dit-elle.

Le mythomane reprit son histoire comme s'il n'avait rien entendu :

"Comme je vous le disais plus tôt, il n'y eut aucune mollesse dans mes tendresses pour cette femme. Je ne veux pas qu'on la juge ; elle était seulement différente et elle me fit rapidement quitter ce métier où l'on nous traite comme de la chair à canon. C'est elle qui me fit découvrir l'amour, bien avant une autre… Shaïna, ajouta-t-il avant d'expier et de regarder au plafond."

Le temps semblait s'être arrêté dans cette pièce pour permettre à ce vertueux personnage de profiter d'une tribune particulièrement attentive. Il leur fit état des dix dernières années de sa vie qui selon lui, était l'aboutissement de son existence. S'il ne les avait pas vécues, du moins eût-il été bien renseigné pour les décrire avec autant de passion. L'heure s'écoule et l'auditoire est des plus attentif aux narrations de cet individu mystérieux. Tantôt comédien lorsqu'il anime son récit, tantôt philosophe lorsqu'il tient le bas de son menton. Les chroniques de ce protagoniste tiennent tellement du spectaculaire qu'elles commencent à semer le discrédit sur la véracité de ce qu'il raconte. À force de patience, le monologue toucha à sa fin, lorsqu'une des deux femmes, un peu hagarde du jeu de l'acteur, découragée de ses récits et lassée d'en avoir trop entendu, l'interrompit avec beaucoup de douceur et de tact :

"Monsieur, cela fait plus d'une heure que vous nous parlez dans ce couloir et je vous avoue que la morale de votre histoire m'a aidée à passer le temps. Nous ne nous sommes même pas présentées à vous ! Je suis madame Rosette René-Corail et voici la cousine de mon époux, sœur Marie-Josette. _Mes charmantes dames, dit l'homme qui se présente à son tour avec beaucoup de fierté, Le docteur Jekyll-Barst pour vous servir ! _Justement ! répondit madame René-Corail suspicieuse. Comme vous le dites si bien, nous servir ! Et quelle est donc votre spécialité cher docteur ? _Voyons madame je suis homme de sciences, assura-t-il surpris qu'on ne reconnaisse pas ses qualités et en défroissant d'une main sa longue blouse blanche."

Au même moment, des infirmiers entrent en catastrophe dans cette grande allée devenue morbide pour l'occasion. Leur entrée fracassante évoque la mort. Allongée sur une civière, une enfant, les yeux fermés.

"Regardez, dit l'abbesse, c'est la petite fille dont on parlait tout à l'heure au journal télévisé.
_Elle ressemble beaucoup à sa maman, ricana l'homme."

Les deux femmes un peu surprises de ce changement de comportement soudain, ne comprirent pas sur le moment ce qui arrivait à l'homme debout devant elles.

"Connaissez-vous la mère de cet enfant ? demanda madame René-Corail."

L'individu répondit qu'ils avaient fait quelques études ensemble. Seulement la vérité était bien différente. Ce qu'il fallait entendre par le campus était une toute autre réalité. Ce qui était dans son esprit comme étant l'université, le monde l'appelait hôpital psychiatrique de Colson où il y avait séjourné pendant deux ans ; et rencontré une charmante jeune femme du nom de Shaïna, disait-il sans vraiment en être très sûr car les drogues et le temps avaient quelque peu dilué ses souvenirs pour qu'il puisse s'en rappeler avec précision. En réalité, cette même jeune personne, il l'avait connue grâce à internet et sa mémoire volatile ne l'aidait pas à se souvenir de leur rencontre. Il avait eu une forte sympathie pour cette demi-pensionnaire qui était enceinte, ce qui lui fit garder contact avec elle quelques mois après son départ, jusqu'à ce qu'il la perde de vue. De mémoire, elle voulait rejoindre Sainte-Lucie pour y élever les jumeaux qu'elle attendait. Depuis, il voyait en chaque enfant qu'il croisait, la progéniture de Shaïna. Son délire était profondément convaincant pour qui ne savait pas qui il était.

Deux gendarmes allant dans le passage reconnaissent l'individu et le somment de ne pas bouger. Pendant que l'un lui met les menottes devant les dames consternées, l'autre passe un appel dans son talki walki :

"Mon adjudant, on a retrouvé le F.O.U., déguisé en docteur et en train de faire la causette aux urgences… on le ramène ! _Je vous dis que je suis attendu à l'étage pour le tournage d'un clip… dit l'homme qui vient d'être interpellé. C'est avec Mister et son groupe GFD ! _Oui oui c'est ça ! répond le militaire qui le tient par les menottes. Allez suivez-nous sans faire d'histoires monsieur !"

C'est ainsi que fut réacheminé le faux praticien, devant les yeux ébahis des deux femmes.

La réfugiée de Darbida

C'est sur l'île aux Fleurs que Nadia avait décidé de s'en aller, sur les recommandations de sa sœur. Cette jolie Marocaine tout juste âgée de vingt ans avait grandi à la Courneuve, en région Parisienne. Ses mauvaises fréquentations lui avaient déjà fait connaître les tribunaux, mais rien d'assez sérieux pour la dissuader de reprendre le droit chemin. Il était hors de question pour elle d'imaginer vivre au bled, d'envisager, selon elle, une vie avec des coutumes douteuses. Elle venait tout juste d'y séjourner contre son gré, où ses parents avaient voulu la contraindre à prendre pour époux un riche cousin. Il était selon eux d'un bon parti et il lui aurait fait oublier rapidement son "Azzi"[8]. Alors la réfugiée de Darbida se prépara pour un long voyage : destination La Martinique. Tout ce qu'elle savait de son aînée, c'est qu'il y faisait beau et chaud toute l'année. Le pays était peuplé de beaux blacks avec de longues dreadlocks, tatoués et percés. "On y fait la fête toute l'année, on travaille dès l'aurore et l'après-midi : beach party." En somme, la vie idéale pour la petite beurette des sales quartiers.

---

[8] "Azzi" est un surnom péjoratif utilisé au Maroc pour désigner une personne noire de peau.

Sarcelles, banlieue nord de Paris, 17h01.

"Wesh les keums, dit Nadia à deux guetteurs, bien ou quoi ! Ils sont où les gars ? _Nadia, t'as vu comment tu parles ! répond l'un des hommes visiblement agacé par l'attitude de la jeune fille. Vas-y, t'es une go ou un (tra)vlo ? _J'suis ta darone, bolos ! répondit-elle avec l'index menaçant son interlocuteur. Vas-y, tu parles trop mal... j't'ai déjà dit de faire attention ! _Heureusement que j'ai une sœur et que j'tape pas les filles... lui dit-il en la toisant. Vas-y ils sont au fond... ils t'attendent ! _Arrête de me rendre ouf là ! lui lance violemment Nadia avec un air dédaigneux et un puissant tchip pour marquer son agacement. Genre t'allais me péta wesh ! Bolos !"

Elle avance dans le long couloir d'une cave sale et taguée de graffitis. Tous les classiques y sont écrits ; "mort o poulet", "NTM", "fils de p...". Toute la détresse et la rage du monde semblent être passées en ces lieux sordides. Deux gamins sortis d'une cave jouent et bousculent la jeune fille qui ne bronche pas. Enfin elle arrive au fond du couloir, dans une pièce sombre qui est détournée en bureau d'affaires éphémère. Trois hommes debout servent de guet, tandis qu'un autre assis un joint dans le coin de la bouche tient une conversation au téléphone.

"Tiens elle est là, en face de moi je te rappelle… ok ! dit-il en terminant sa conversation. Voilà la plus belle ! Je t'ai tout préparé pour demain. Tu vas avaler ces six boudins et ceux-là tu les mets par derrière. _T'es sérieux là ? répond Nadia avec l'insolence qu'on lui connaît. Faut que je mette ça dans mes seuffes ? _Tu prends ce laxatif pour bien te vider et après une heure t'avales le médoc rouge contre les diarrhées, répond l'homme avec un ton plus ferme. Quand tu t'es bien nettoyée tu mets ces cinq boudins dans ton derrière pupuce. Surtout tu manges rien jusqu'à la fin. T'as qu'à imaginer que tu fais le ramadan. Vanessa et Franck vont venir t'aider plus tard ! _Quoi wesh !? dit-elle surprise de la manière dont-on lui ordonne d'exécuter ses ordres. _Mais non t'inquiète, dit-il avec un sourire en coin, c'est pour être sûr que tout se passe bien ! _C'est chaud quand même ! répond-t-elle inquiète. _Mais non, t'inquiète ! T'es une caillera ! Toi même tu m'as dit t'as besoin de tunes pour t'installer au soleil et tout… En plus mes soss là-bas ils vont te mettre bien. Pense à ta sœur Fatima, c'est bien comme ça qu'elle s'appelle ? _Ouaich ! répond-t-elle encore d'une voix sourde. _Tu seras pas seule t'inquiète, lui dit-il pour la rassurer, y aura un couple dans l'avion pas trop loin. Tout va bien se passer. T'as vu, nous on a l'habitude de gérer, tranquille quoi ! On a jamais personne qui s'est fait serrer ! On a des bagages pour tromper les chiens avec de la bouffe. Par contre quand t'arrive à la douane, t'évite les bastons-regards avec les douaniers. On est pas à la téci. Tu passes normal ! Sans stress… compris ? ajoute-t-il encore avec fermeté. _Oui, ok ! dit la jeune femme dont on peut sentir l'incertitude pour la mission qu'on lui confie. Et si… _Si tu te fais choper, l'interrompt brutalement le commanditaire, jamais tu balances. Les flics, ils veulent les gros, pas les petits comme toi. Genre y vont vouloir te mettre la pression, mais t'inquiète, on a du monde avec nous, chez eux et même des juges. Ces bâtards nous condamnent pour la dope qu'ils sniffent, mais tu sortiras en moins de deux et on te donnera une petite prime. Mais surtout tu dis rien, jamais, sinon… si on apprend que t'as poukav et on le saura, ça sera grave chaud pour toi. Plus de protection, bref… C'est jamais arrivé, alors stresse pas ! ok ? _Ok ! répond Nadia. _Dernière chose, ajoute l'homme d'un air détendu pour rassurer la jeune fille, quand tu arrives là-bas tu m'appelles direct. Sinon c'est tout ! Tu te rappelles de Nico ? _Ah ouais il date lui !

ricane-t-elle. Justement il devient quoi? J'en entends plus parler ! _Tranquille pour lui, dit l'homme, le beau gosse a fait deux allers-retours et maintenant il est au soleil en Floride, avec toute la tune qu'il s'est faite."

Seulement il fallait entendre par soleil, à l'ombre dans une prison. Le pauvre bougre étant écroué pour vingt ans, on ne risquait pas d'en entendre parler.

"T'es venu comment ? repris le dealer. _En R(ER) wesh ! répond la jeune fille. _Le gosse beau là va te déposer, dit l'homme en désignant un des gardes posté en face de lui. Tu vas monter dans la BM, tu vas voir c'est super ! _Ok ! répond Nadia avec entrain. Cool, Merci Jacky !"

Les hommes, postés devant la porte ricanent et l'un des quidams dit bassement : "et Michel !"

À cet instant le dénommé Jacky demande à Nadia de s'en aller et elle s'exécute. Une fois la jeune fille sortie et assez loin pour être sûr qu'elle n'entende pas, il répond à ses moqueurs:

"Vous êtes des tarlouzes ou quoi ?! Vous croyez que je vais donner mon vrai blaze à toutes les bouffonnes qui viennent ici ! Allez cassez-vous et emmenez-moi cette caillera à deux balles à l'aéroport demain ! Angel j'te fais confiance, comme d'hab ! Dis à Franck et Vanessa de l'aider à se préparer ce soir. _Ok le Russe ! répond le dénommé Angel qui hoche la tête. Et deux missionnaires rejoignent Nadia qui attend dehors."

La Courneuve, 20h16.

Nadia vient de rejoindre ses amies, sur une place au cœur de sa cité pour leur faire ses adieux.

"Hé comment j'ai trop faim sa mère ! dit Nadia. Venez j'ai de la maille on va manger un Keugrè, en plus j'me casse demain j'sais même pas si y a ça là-bas. _T'as trop d'la chance ! répond l'une de ses amies en imitant un accent antillais et singeant des pas de danse africaine. Ah ouais le soleil et tout… mais fais attention aux martiniquais c'est trop des daleux et des beaux parleurs. Même les tontons c'est des charos ! _Vous inquiétez pas pour moi j'suis une caillera, j'vais les plier, après ils voudront me lecher la teucha, répond Nadia en faisant plein de gestes ridicules. _Ah ouais, lui lance une amie pendant qu'elle applaudit et rit fort, mdr, surtout si tu continues à lépar comme aç. _Et ton gars ? demande une autre comparse assise sur un banc de la place. _J'sais pas où il est en ce moment, répond Nadia. C'est un acteur ce gars-là. J'suis sûre qu'il me la joue à l'envers ! _Si ça se trouve il tourne un clip au Maroc… à Casablanca, ajoute une de ses amies avec un ton moqueur. _Lol ! répond Nadia et elle improvise tout un couplet en rappant. S'bolos m'a pris pour une beurette à kehlouch[9]. J'assassine, j'défouraille, mais jamais on me touche. Furtif en mode avion, je fly. J'ai la poudre gars, aboule la maille…"

---

[9] Kehlouch est un surnom péjoratif utilisé au Maroc, pour désigner toute personne noire de peau.

Aéroport Roissy Charles de Gaulle, 7h30.

La mule est fin prête pour le départ et elle est escortée de près par deux hommes, Angel et un autre dont on ne connaît pas le nom. Par crainte d'être repéré, le Russe ne se déplace jamais pour ce qu'il appelle les transferts. Ses hommes de mains sont là pour s'assurer que tout se passe bien avec les formalités d'enregistrement et que la mule prenne la direction de la salle d'embarquement. Ensuite lorsque le colis sort de leur champ de vision juste après la douane, Angel est chargé d'envoyer un sms au patron pour qu'il appelle son transporteur. Le Russe aime toujours passer un appel de ce qu'il nomme le soutien psychologique. Selon lui c'est une étape très importante, car lorsque son expéditeur est livré à lui-même, il peut paniquer et se rendre tout seul aux autorités ou voire même devenir complètement paranoïaque et ainsi éveiller des soupçons.

Bien à l'abri dans sa base, le Russe appelle Nadia, 9h08.

"Alors Pupuce ça va ? demande le Russe à Nadia. _J'suis un peu stress, répond la jeune femme, mais bon ça va tranquille ! _No stress, assure l'homme, l'avion c'est super cool et dans quelques heures tu seras au chaud avec ta sœur! Tu as vraiment de la chance !"

L'homme assure la conversation sans jamais faire d'allusion à son affaire, car il ne fait jamais confiance à cent pour cent au téléphone, qui pourrait être sur écoute ou même à sa mule qui pourrait l'avoir vendu. Alors il mène la discussion la plus simplement du monde, comme un appel de courtoisie, mais il sait très bien que ce genre d'attention a toute son importance sur l'intérêt qu'il porte à ses affaires. Il se veut rassurant, courtois, avenant et encourageant.

"En tout cas, j'te remercie pour tout ce que tu fais pour moi, lui dit Nadia. _T'inquiète Pupuce comme on dit chez moi, sé yon' a lot ! Un jour c'est moi, demain ça sera toi. Voyage bien et surtout donne-moi vite de tes nouvelles. Da svidania[10]"

Et sur cette dernière phrase il raccroche comme pour laisser un message subliminal dans l'esprit de sa transporteuse qui a ordre d'appeler dès l'atterrissage de son avion, afin de recevoir une dernière piqûre d'encouragement. Le discours

---

[10] Da svidania : Au revoir en russe.

est bien rodé et on voit que l'homme a l'habitude.

Quelques minutes après la jeune femme embarque dans le Boeing, elle est toute excitée pour son premier grand voyage. À sa demande on l'a mise côté hublot. Juste à côté d'elle, il y a une jeune fille qui semble avoir approximativement le même âge qu'elle, tandis que le dernier siège est inoccupé. Vu leur proximité, les demoiselles sympathisent rapidement.

Melissa retourne au pays après avoir passé une année de scolarité dans une université réputée de Paris. Elle est la fierté de sa famille, qui s'est sacrifiée pour qu'elle puisse entamer des études de droit. Bien que les filles ne soient pas du même milieu, elles semblent bien s'être trouvées et se confèrent aussitôt des confidences, mais rien qui ne puisse lever le voile sur la mission de Nadia.

Il est midi et les comparses se partagent le repas qui est servi. L'une n'aime pas l'entrée et l'autre le dessert. Elles s'en amusent, rient fort et Nadia oublie surtout qu'elle n'a pas le droit de manger. Une demi-heure après son festin, Nadia se sent mal et elle se plaint d'avoir des nausées, alors elle se fait réconforter par Melissa qui lui dit que le premier voyage c'est toujours comme ça. Elle lui donne une petite gélule contre les nausées et l'encourage à prendre le petit sachet pour les vomissures qui se trouve sur le siège en face de Nadia. Elles interpellent une hôtesse qui passait en lui réclamant un verre d'eau pétillante, pour passer le malaise de Nadia. Cependant la boisson n'eut pas l'effet escompté et elle rendit tout son repas. Après s'être rafraîchie dans les toilettes, elle ferma ses yeux afin de se reposer un peu.

À mi-chemin, 18h00 heure de France.

Melissa tient à montrer une vidéo qu'une amie lui a envoyée par WhatsApp.

"Tiens regarde, je te montre une vidéo qu'une copine m'a envoyée. Apparement la femme s'est suicidée en pleine antenne, comme ça !
_Chaud ! s'exclame Nadia. Ah ouais, on la voit? Non ! répond Melissa. Ma best, elle était là en invitée parce qu'elle aime cet artiste, lui répond-t-elle en lui montrant une photo. Tu connais ? C'est un gars de chez toi ?! lui demande-t-elle en lui montrant des photos de l'artiste sur internet. _Non j'connais pas ton Mister Bidul ! répond-elle avec un air dédaigneux. Mais c'est un "tonton" wesh ?! _Ouais on dirait un peu ! dit Melissa. _Elle a des goûts chelou ta copine ! insiste Nadia. _Anne-So ?! dit Melissa en regardant vers le ciel pour marquer son approbation avec ce que sa voisine lui témoigne. Ouais j'avoue !"

Elles se mettent à rire aux éclats et avant de visionner la vidéo, Nadia dit à Melissa :

"Arrête de me faire rire comme ça, tu me donnes mal au ventre et je pense que le (sandwich) grec d'hier n'est pas bien passé."

Quelques minutes plus tard, les deux nouvelles complices sont stupéfaites par la dureté de ce qu'elles viennent de visionner et le silence se glisse dans la bonne humeur qu'elles avaient juste avant. Après un moment sans voix, Melissa tenta de détendre l'atmosphère en dédramatisant la violence de la vidéo et s'essaya à la rendre plus banale.

"Il y a quand même des choses complètement folles dans ce monde. Il y a un mois j'étais dans une boulangerie et je me suis retrouvée prise dans une histoire complètement tordue. Ça a fini en coup de feu comme dans les films et…"

Avant qu'elle n'eut fini sa phrase, Melissa remarqua que Nadia transpirait anormalement. Elle essayait de contrôler un claquement de dents tout en se plaignant d'avoir chaud, de plus en plus chaud.

"Qu'est-ce qu'il t'arrive Nadia ? demande Melissa en même temps qu'elle tient la main de la souffrante. Tu transpires beaucoup alors que moi je meurs de froid ! _Ouais je sais pas ce que j'ai, geint Nadia. J'ai mal au bide depuis qu'on a décollé et après la bouffe je me suis tuée à l'eau gazeuse et maintenant j'ai des gaz de ouf ! _Ben

va aux toilettes, dit Melissa, je te laisse passer !
_Ouais t'as raison, merci ! susurre à bout de force Nadia."

À peine la jeune fille se lève-t-elle difficilement qu'elle s'écroule aussitôt. L'hôtesse qui était debout en face se précipite à son secours. Melissa ne comprit pas ce qui se passait, elle resta figée et muette jusqu'à ce qu'une autre hôtesse l'assaille de questions. On lui demanda si elles voyageaient ensemble... comment s'appelait son amie... est-ce qu'elle se plaignait de quelque chose... prenait-elle un traitement ou des drogues. Seulement la jeune fille ne connaissait de sa voisine de vol que ce qu'elle avait bien voulu lui dire et elle resta ainsi muette pendant tout l'interrogatoire. Après cinq minutes inconsciente, Nadia fut emmenée par deux stewards au fond de l'avion sous le regard médusé des passagers. Melissa, très inquiète, avait été mise un peu à l'écart. Une autre hôtesse un peu plus expérimentée s'approcha en demandant s'il y avait longtemps qu'elle était dans cet état. On lui répondit que non. Elle s'agenouilla pour prendre son pouls ; on voyait qu'elle le cherchait sans trouver aucune satisfaction. Le teint de la jeune fille pâlissait au fil du temps qui s'écoulait. Par mesure de précaution l'un des agents de bord fait une annonce et demande s'il y a un médecin sur le vol.

Rapidement un homme d'une cinquantaine d'années se présente pour confirmer ce que tout le monde craignait déjà.

L'heure du décès est déclarée, il est 13h00, heure de Martinique.

Melissa n'apprit que bien plus tard le drame qui s'était joué sous ses yeux. La police aux frontières l'interrogea sans relâche pendant des heures, pour finir par admettre qu'elle n'était pas elle aussi une mule.

Elle ne reprit jamais ses études en France convaincue que tout ce qu'elle avait déjà vécu auparavant était très certainement un message du divin.

Crime odieux
Les nuits de Dorlis

"Oh comble de perfidie !

Ce scélérat a arraché l'âme de ma mie

Lui, aurait profité de tous ses repos,

À l'aise dans son grand cachot

Pour un crime de lèse majesté,

Nous l'aurions (tous) condamné à perpétuité

Ces quelques annuités de détentions (prisons)

Ne nous donneraient pas réparations (satisfactions)

La chair de mon objet fut profanée, par la violence

Silence !

Vous qui jugez, vous qui condamnez ! Soyons sérieux ! Face à de tels aveux !

"Mwen pa ka nouri chouval pou ba ofisié monté"

Voilà comment le malfrat révélait son atrocité. Je vous le demande, de qui le crime était-il le plus odieux ? Cher cousin, dans cette lettre vous trouverez tous les indices qui lèveront le voile sur ma décision. Pour m'aider dans mon deuil, il me faut vous convaincre de ma souffrance et vous dire pourquoi elle s'en est allée. Raconter son histoire c'est la façon que j'ai trouvé de nous libérer elle et moi de cette malédiction.

Je vous narre ses secrets comme elle me les révéla en confidence.

Un soir d'éclipse
Poussé par le vice
Démon fit un sacrifice
Il se transforme et se glisse
Papa est celui qu'on appelle Dorlis[11]
Il ne se voit que dans ses cuisses
Petite négresse, couleur réglisse
Une fois ne suffit pas, alors il bisse
Entre l'enfant et la matrice
L'animal mêle les artifices
Pauvre mère et mauvaise actrice
Du viol de ta fille tu t'es faite collaboratrice
Tu accuses ton enfant d'être fabulatrice
Et sur son chagrin l'accable d'être l'unique fautrice

Voilà que pour celle qui ne vit plus, pour celle qui ne rêve plus, je deviens le dépositaire. Seulement l'intime que je suis, son ultime confident, se substitue malgré moi au gardien des ténèbres. Elle fait ainsi de moi son Cerbère et je deviens à mon tour le prisonnier de son

---

[11] Le Dorlis est une créature surnaturelle, que l'on rencontre dans les croyances et les légendes populaires de la Martinique. Il s'agit d'un esprit qui s'introduit dans les chambres pendant la nuit et viole les femmes ou quelquefois les hommes.

enfer. De mes trois têtes, les réflexions s'entremêlent. Pendant que l'une aboie à la révolte et à la vengeance, une autre raisonne et implore à la sagesse d'apporter son secours. Pour finir, la troisième vidée de toutes réflexions, statique, par l'incompréhension, accuse rapidement le temps de faire son travail trop lentement. Favoriser l'oubli serait la meilleure chose pour sembler toucher le repos que l'esprit implore de plein droit. Mon amour me le réclame souvent, seulement je ne me sens pas capable d'assassiner son père.

Écume amère qui sort de ma bouche. Chaque fois que j'y pense, j'en frémis. Je ne la laisse jamais me surprendre dans mes pleurs, mais je suppose qu'elle le sait. La honte est mon asile, le refuge du faible que je suis devenu. Elle se tait. Je me hais. Mon cœur s'est amaigri d'amour pour s'engraisser de rages fielleuses. Pitoyable celui que j'héberge en moi, incapable, qui n'a pas su défendre ses intérêts. Grande gueule, inutile, devant la cour. Minable poltron, qui mesure le déshonneur et se couvre d'alibis. Comme le Miancre[12] qui trie ses prières, je

---

[12] Miancre : référence à la définition du néologisme de l'auteur dans son ouvrage :
"Poèmes et maximes-journal du 22/05/2048".

cherche mes lumières dans mes propres psautiers. Je ne soutiens pas le regard de mon accusatrice. La victime est plus forte que moi. Je baisse la tête, me blottit en son sein... l'approche se veut douce et timide. Réconfort légitime pour moi et mérité pour elle. Bien que je ne fusse pas présent en ces temps-là, je m'en veux amèrement.

Je demande votre aide !

Mes pas se décomptent seuls à présent depuis qu'elle m'a abandonné avec ses tourments.

Relâche notre esprit Démon !

(Certes) elle lui ôta son souffle ! Mais lui, avait pris son âme.

Je la rencontrais, dépouillée de toutes raisons d'exister. Plus aucune valeur ne semblait vouloir soutenir ses opinions.

Je l'ai aimée ! Malgré que j'en ai !

Avez-vous déjà supporté de voir l'être que vous chérissez au plus profond de votre cœur, s'étioler, se vider à en perdre ses propres sens et facultés à la raison. Lorsque tout vous échappe… J'ai tant essayé de la ramener, mais sa seule guérison ne pouvait dépendre que d'elle-même.

    Je le dis ! C'est un ***crime odieux !***

    Je le sais !

Ne gardons pas le silence sur l'irréparable. Sachons dénoncer la schizophrénie lorsqu'elle est avérée. Ne voyez-vous donc pas dans ses mots tordus et gras que l'état du malade était bien avancé. Je vous saurais gré de réévaluer mon récit dans la chronologie de cette tragique première soirée."

Sordide chronologie

"23h46 : Tout le monde est couché, bien au fond de son lit. Madame dort depuis longtemps. La petite fille a rejoint Morphée la fenêtre entrouverte, parce qu'il fait particulièrement chaud ce soir-là. La lune est pleine et haute, elle servira d'alibi au moment voulu. L'homme assis confortablement dans son salon, profite des mauvais programmes nocturnes. Sa transe démarre sans qu'il s'en rende compte.

" *Silence !* " crie t-il au début de sa démence car il se bat avec son subconscient. L'un est bon et l'autre mauvais.

00h00 : " *Man pa ka nouri chouval pou ba ofisié monté !*"

C'est à ce moment qu'on voit que son Mister Hyde a pris l'ascendant sur son bon sens. La créature qui sommeille en lui essaye de le convaincre de la légitimité de son raisonnement.

00h24 : " *Je demande votre aide* ", que son autre, son Dr Jekyll, lui implore en vain. Le peu d'humanité qui raisonne encore en lui tente l'ultime persuasion.

01h00 : Dans cette petite chambre peinte en rose et décorée d'innocence, l'animal nasille " ***Relâche notre esprit démon*** ", seulement il est déjà trop tard, le mal est fait. Il prend l'enfant qui dormait. Dans le langage de cet homme il y a tellement de contradictions. Dans sa tête il s'accuse et s'encourage d'une seconde à l'autre. Il réconforte la petite chose qui ne comprend rien de ce qui se passe. Il mélange dans ses actes l'atroce à la douceur. En même temps, d'une voix méconnaissable à cause de son état, il ronronne, vocifère, c'est un babélisme complet. Il l'appelle Fatima, lui souffle dans le cou des respirations qu'elle ne peut pas connaître et dans ce même rituel sadique meurtrit sa chair. Il cogne en rythme avec son vit. Cette odeur sexuelle méconnue pour elle, la répugne, alors que lui ça l'encourage. Il est vorace alors il s'excite encore plus en elle et finit par s'éteindre rapidement la gueule serrée par les grimaces. Il vomit son haleine chaude sur son petit minois. La proie tourne son visage à l'opposé de la bête. Les monstres se retirent.

01h08 : *" Je l'ai aimée ! Malgré que j'en ai ! "* c'est ce que dit le malade après être revenu dans son état normal. Bien sûr, il ne fera jamais l'aveu de son abomination et ne demandera jamais pardon.

01h11 :*" ...crime odieux ! Qu'ai-je donc fait ?"* se dit-il dans son propre intérieur, et le voilà dans sa condition de départ. Le père qu'il aurait dû rester s'est transformé en Dorlis dans l'incompréhension de son enfant. L'homme va se coucher près de son épouse comme s'il venait juste de regarder un bon film à la télévision. Sa femme fait semblant de dormir et de ne pas savoir.

Après une jeunesse salie, ma jeune amante torturée ne veut plus se mentir, elle sait que son mal profond vient de son géniteur déguisé en bienfaiteur. Ses rapports avec sa mère se sont étiolés au point de ne plus être. C'est elle qui la faisait culpabiliser de ne pas se protéger assez du mal. On lui disait ne pas prendre suffisamment de précautions et de toujours avoir une porte ou fenêtre ouverte aux mauvaises lunes. Alors que l'espoir de l'enfant, dans sa profonde anxiété, était qu'on coure vite à son secours, lorsque la chose se produirait. C'était toujours de sa faute de ne pas prier suffisamment. Leurs dieux n'étaient jamais remis en question, alors que ce sont eux qui avaient le devoir de protéger cette enfant. Aucun émoi n'était à attendre de ce terrible duo complotiste.

L'animal reconduira ses méfaits car il a pris goût à son vice. Après une dénonciation inattendue par un proche parent, l'homme fut jugé. Il plaida une folie récurrente et après quelque temps en prison, fut pris en charge en psychiatrie. Le fugueur aime s'évader de l'établissement de santé pour jouer son rôle de docteur Jekyll, dans les hôpitaux de l'île et côtoie des bars certains soirs.

C'est un jour où la lune était à son apogée, que ma tendre, qui avait permission de lui rendre visite, décida de se venger. Elle prit toutes les précautions pour ne rien laisser paraître de ses intentions. Je ne saurais vous dire par quel moyen elle réussit à lui faire ingérer le poison qu'elle prit à son tour. On les retrouva assis côte à côte adossés à un arbre du jardin. C'est ainsi que mon amour me laissa dans un sombre tourment.

Je vous ai tout révélé dans cette lettre Yoan et j'espère vous revoir bien et dans de bonnes conditions après ces trente années d'absence.

J'imagine que votre vie doit être pieuse en comparaison à mes douleurs affectives. J'attends de trouver le repos en votre compagnie mon cher cousin.

Cédric Chevignac

le 11 Brumaire 227"

Table des matières

Préface..5

Introduction..21

Maudite trahison..................................25

Destin croisés
(bien mal acquis ne profite jamais)................53

Étape par étape....................................61

Radio LJHDM
(mots pour maux)..77

Bobo à l'hôpital....................................97

La réfugiée de Darbida......................109

Crime odieux......................................127

Crédits..142

De l'auteur...143

Crédits

Court métrage Radio mots pour maux
-Fan : Annie-Claude Barst
-Fred l'animateur radio : Charly Yala

Animation Youp'lala
Christelle Cinna

Zanfan Kréyol
a/c : Cédric Chevignac
artiste : La Perfecta

En Gard'ÀV(ue)
a : Sael/Majesty/Cédric Chevignac
c : Sael
artistes : Sael/Majesty/Mr Chevignac

Bobo à l'hôpital
a/c : Cédric Chevignac
artiste : GFD

La réfugiée de Darbida
a/c : Cédric Chevignac
artiste : Mr Chevignac

Corrections
-Francette Tsaty
-Sandra Pichegrain

De l'auteur

Recueil de nouvelles

Le monde est petit 2 : Les papas n'aiment vraiment pas leurs enfants

Livre pour enfant

Youp'lala : Découvre la musique

Etude Sociologique

La plume et le sang pour la paix

Autobiographie

Comment je suis devenu, sdf, riche, pauvre et riche.

Science-fiction fantastique

Les héros des univers : L'amour dans l'espace

Les héros des univers : La plume et l'encre de Dieu

Les héros des univers (Bande dessinée) : La plume et l'encre de Dieu

Les héros des univers : Maximes et poèmes 22/05/2048

Les héros des univers : Amour et Haine/Le journal d'Avïdal

© 2021, Mister chevignac
Édition : BoD – Books on Demand,
12/14 rond-point des Champs-Élysées,
75008 Paris, France
Impression : BoD - Books on Demand,
Norderstedt, Allemagne
ISBN: 9782322396177
Dépot légal : décembre 2021